I0549564

Copyright Gabriele Simula
La mia copia fortunata
Prima edizione marzo 2005
Seconda edizione luglio 2011
Isbn 978-1-4477-7082-4

a Massimiliano
pazzo, ma dal cuore immenso...

La luce filtra delicatamente tra la finestra, formando dei piccoli rombi dalla tendina da cui passa. Sono le nove.

In casa sono tutti svegli tranne lui.

Alex si rigira nel letto, è un sogno un po' movimentato, ma ha un lieve sorriso sul viso, forse alla fine non è poi tanto male come sogno.

Bruscamente la porta si apre.

Dei passi pesanti si fanno sentire sul parquet.

"Sempre a dormire? Ma è possibile che devi passare tutto il tuo tempo a dormire?".

E' suo padre. Sembra essere decisamente scocciato ma allo stesso tempo fiero nell'essere riuscito nell'intento di svegliarlo selvaggiamente.

Alex apre appena gli occhi mentre un ciuffo di capelli mossi si fa notare tra le coperte.

"Dai papà, non avresti un po' più di delicatezza nel svegliare le persone?".

Il padre si sofferma a guardarlo.

"No! Con te bisogna essere così altrimenti te ne approfitti".

Se ne va chiudendo la porta dietro di se bruscamente.

"Sì, me ne approfitto. Buongiorno anche a te papone!".

Conta fino a dieci, si fa forza e tira giù le coperte.

Ancora caldo da letto accenna qualche brivido mentre tira su la serranda della stanza.

Si avvicina allo stereo. Lo accende come ogni mattina.

Dentro c'è già un cd, quello dei Subsonica, lui li adora da impazzire.

La traccia viene accarezzata dal laser e comincia a girare.

Il pezzo è Strade, perfetta per il risveglio mattutino, ottimi bassi, sound meraviglioso ed una melodia che ti si attacca alla pelle.

Routine giornaliera.

5

Un buon caffè, un dolce bacio alla mamma che è alle prese con la domanda più difficile che le mamme cominciano a porsi verso la tarda mattinata: che cosa preparo a pranzo?

Mentre sorseggia il caffè, Alex accende il telefonino e un servizio del gestore di telefonia mobile lo avvisa che quando era spento qualcuno ha provato a contattarlo.

Lui non ci fa caso, tanto sa che è il Cico, il suo amico più stretto.

Stessa età, non molto alto, paffutello e ricciolino, a volte anche un po' idiota, ma gli vuole bene lo stesso.

È in ufficio dalle otto come ogni mattina, dopo aver cambiato molti lavori ora fa l'assicuratore, ma di polizze, oltre ad aver assicurato a vita tutto il suo albero genealogico, non ne ha vendute neanche una. Dice che nel suo lavoro è in gamba, il fatto però è che tutti glielo fanno credere.

Lo chiamerà dopo. Forse.

Finito il caffè, Alex si porta tra le labbra una sigaretta che comincia a gustarsi profondamente, beh, dopo il caffè forse non hanno ancora inventato nulla che possa darti quella splendida sensazione. Un binomio pressoché perfetto. La doccia lo aspetta. È calda, quasi bollente come al solito. Con la mano indirizza la cipolla della doccia per far scivolare l'acqua lentamente dietro la schiena, rilassando pian piano tutta la muscolatura.

Beh, forse si dovrebbe dire che esattamente sia un trinomio la perfezione mattutina: caffè, sigaretta e doccia calda...

Merita un plauso.

I suoi genitori intanto escono, mentre lui è alle prese con il phon per asciugarsi quella grossa matassa di capelli che ogni giorno, da otto mesi, si prefissa di andare a sistemare dal parrucchiere. Beatamente si lascia in un bel canto sotto le note di *Tutti i miei sbagli* dei Subsonica.

Sorride mentre si guarda allo specchio. Si sente un po' strano, forse sarà per via di qualche rum e pera di troppo la sera passata. Gli manca un po' il respiro, ha dei leggeri brividi lungo le gambe, ma solo per pochi secondi, poi il tutto scompare. Dentro di lui sente che c'è un po' di nervosismo, ma suppone che la colpa sia il fatto che è stato svegliato in malo modo da suo padre, il quale tutti i giorni lo accusa di oziare tra le lenzuola. Intanto il telefonino comincia a squillare freneticamente, il Cico avrà sicuramente qualcosa di serio da dirgli.

Fa uscire la testa fuori dalla finestra lentamente, per cercare di capire quale sia la temperatura esterna, ha provato a fare anche con il dito dopo averlo bagnato di saliva, ma non ha mai avuto dei risultati. Cerca di capire se faccia

6

freddo, in modo da regolarsi con il vestiario per poi dedicarsi alla roulette dell'abito da indossare.

Jeans larghi e a vita bassa, una maglia nera ed una felpa bianca con il cappuccio.

Indossa il giubbetto, si accende una sigaretta ed il mondo è pronto ad accoglierlo come ogni singolo giorno.

Più tardi una signora sui cinquanta è indecisa su un paio di calze da comperare.

Con voce stridula esterna le sue perplessità.

"Senta, quelle di lana ci sono nere, mentre quelle di nylon solo marroni, è possibile avere quelle di lana chiare? O sul beige, sempre se quelle di nylon non ci sono rosa, perché rosa è meglio del beige anche se il beige sta bene, sfina un po', però è nylon e non è lana, altrimenti…".

"Scusi!".

La interrompe bruscamente il ragazzo dietro la cassa vistosamente scioccato dal voce stridula della donna.

"Sono le dieci, ho aperto da mezz'ora, non ho preso il caffè, non ho fatto colazione, la mia ragazza ha chiamato due volte per dirmi che a pranzo siamo da quei simpaticoni dei suoi, ho tutto il resto della giornata davanti, se lei comincia così io butto tutti fuori, chiudo e torno a dormire!".

"Ma che modi!". Risponde con una faccia tremendamente schifata la donna.

"Giornataccia signora lo scusi. Sa com'è l'amore… Ci rende tutti un po' nervosi, e se poi conoscesse la sua ragazza, lo capirebbe e lo inciterebbe a cambiarla!".

Le dice Alex entrato da poco nel negozio nel momento sbagliato.

"Ah signora, prenda quelle nere… sono molto sexy…". Aggiunge Alex cercando di fare un aria sensuale, ma trattenendosi da una risata pazzesca.

"Questo è un negozio di pazzi!".

La signora va via scocciata.

"Lo sapevo neanche sei arrivato e già mi hai fatto perdere un cliente!", sussurra Paolo con una faccia scontenta.

"L'avevi già perso. Ehi la tua ragazza ti sta rendendo troppo scontroso e maleducato con le persone, ho sentito anche che non hai preso il caffè, è ora, sei ancora troppo poco nervoso".

"Beh anche tu in questo periodo non sei dei migliori".

"Ma via, ogni tanto mi rode, ma d'altronde come a tutti".

7

Alex lo prende per il braccio e lo spinge verso la porta del negozio per avviarsi al bar.

La commessa del negozio comincia a sbuffare pensando tra se che il principale neanche ha aperto che già la lascia sola in balia di vecchiette e casalinghe isteriche che devono combattere il loro io nell'acquisto di qualche calza o al massimo mutandine di pizzo o squallidi boxer con tremendi colori per i loro mariti.

Lui invece è Paolo. Con Alex andava a scuola insieme, il biennio e poi l'ultimo anno di ragioneria.

Si sono persi un po' per via di qualche bocciatura, ma non hanno resistito a chiudere in bellezza con la maturità insieme.

È un po' isterico, ma è normale, dopotutto avere al fianco un doberman e non riuscire a domarlo, è la giusta causa di tutto quel nervoso che ha.

Nel bar sono seduti e commentano la prima pagina del corriere dello sport. Paolo con la mano tremolante che tiene la tazzina si scalda nel commentare il voto in pagella attribuito a Mancini, mentre Alex con un occhio legge e ribatte e con l'altro non perde di vista la ragazza che pulisce il frigorifero.

Ha dei lunghi capelli ricci biondi sulla schiena, le mani sono molto delicate, smaltate a perfezione nonostante siano impegnate con una pezza massacrata dal grasso e dalla polvere.

Deve essere molto carina, anche se non ha ancora visto il suo viso. È di schiena, ma lui ha già fatto le presentazioni con il suo posteriore.

"Sette! Non ci posso credere. Solamente un misero sette a Mancini. Io gli do un nove".

Commenta Paolo.

"Io nove lo darei alla ragazza del frigo!" Risponde alex senza distogliere l'occhio dalla quella fanciulla impegnata con lattine, bottigliette e cartoni del latte.

"Errore! Io nove lo do a Totti!", gli risponde a tono Paolo riprendendolo.

Alex si gira lo guarda e serio gli ribatte:

" Errore tuo, io a Totti gli do dieci!"

I due cominciano a ridere, quando c'e di mezzo la Roma non ce n'è per nessuno.

Continuano a parlare di calcio, Alex commenta un splendida azione fatta da De Rossi non accorgendosi che la ragazza del frigo ha terminato il suo lavoro ed è andata via.

Escono dal bar, Paolo deve tornare al negozio, la commessa ormai avrà raggiunto una crisi di nervi da sola con i clienti. Sono un po' tristi, uno per il voto basso di Mancini, l'altro per non aver visto in viso la ragazza che per una ventina di minuti ha catturato i suoi occhi.

La mattinata sembra scorrere via velocemente.

Il sole comincia a scaldare un po', fa caldo, un caldo relativamente innocuo per una mattinata di marzo. Alex guarda l'orologio, sono le undici, sarebbe ora di andare a lavoro.

Lavora in Pubblicità. Proprio in questo campo ha deciso di cimentarsi dopo aver provato varie strade nell'ambito della società. Lavora con una società di pubblicità che si occupa di vendita di spot pubblicitari. Il suo lavoro è quello di grafico e creativo di uno spot. A lui piace molto quel lavoro, è anche molto bravo, creativo e contento di avere una flessibilità di orario che lo rende molto libero. Ogni tanto si occupa anche di creazioni, e qualche mese fa ha anche firmato uno spot tutto suo per una marca di orologi. Non è stato poi molto contento sulla parte del compenso, la società ha venduto lo spot ad una cifra abbastanza elevata e lui si è dovuto accontentare di una percentuale di molto più bassa alle sue aspettative.

Non si lamenta però del suo stipendio.

Parecchie soddisfazioni se l'è tolte: settimana bianca con tanto di acquisto di una tavola nuova da snowboard veramente spaziale, un mese in giro per la Spagna, una settimana a Londra e proprio un mese fa cinque giorni ad Amsterdam. Beh… Mica male per un ragazzotto di ventitre anni.

La Tangenziale a quell'ora diventa un incubo. Mezzogiorno di fuoco. Le auto sono il triplo di quante potrebbero circolare su quella strada, i clacson che suonano assordanti rischiano di mandare in cura psichiatrica centinaia di persone. Tante persone oggi vanno dallo strizzacervelli per il clacson.

Lo smog è denso che si potrebbe affettare con un coltello… la gente sta impazzendo. E lì, tra quella macchia di auto intrecciate tra loro come fosse un puzzle, c'è la sua.

Mezzo finestrino tirato giù, volume adeguato su ritmo Nirvana, sigaretta del buon umore, occhialetti a goccia come quelli di Ponciarello dei Chips e tanta indifferenza su quello che accade intorno a lui, fregandosene del traffico e del tempo, ma con una sensazione strana dentro di sé che non sa cosa sia.

Con lo stesso tempo viaggiando in autostrada si arriverebbe quasi a Firenze, Alex invece è arrivato a Ponte Milvio.

L'unica cosa di buono è che ha il parcheggio privato nel garage della società. Non ricorda mai qual è il suo posto esatto e così la mette dove capita costretto tutte le volte poi a scendere perché il legittimo proprietario reclama il suo posto.

9

Il suo non è proprio un ufficio, per l'esattezza non ha una stanza tutta sua, ma gira ovunque facendo capolinea sempre nella sala grafica. Proprio lì ha una scrivania sovrastata da carte di tutti i tipi, una bozza di una creazione, la copia del contratto appena rinnovata, un *Mars* mangiato due giorni prima.

Ad un tratto nota un fax con intestazione *Starmagic*. E' il nome di una società collaboratrice sempre di Roma.

È arrivato alcuni istanti prima.

Alla vista del fax comincia a sbuffare nervosamente inneggiando a chissà quale santo. Lo odia quel fax. Sono circa tre settimane che ogni tre giorni ne riceve sempre uno con un richiamo per un ritardo di una consegna di due poster pubblicitari di cui se ne occupa proprio lui.

Leggendolo scopre che è sempre firmato *Monica Santini*. La direttrice grafica, non la conosce, ma la odia profondamente.

C'è scritto che il signor *Alexander Rossini* deve assolutamente adempiere le clausole contrattuali pena perdita dell'appalto, tradotto: o consegna i poster o sono guai.

Ricordandosi che sono quasi pronti e manca solo la stampa, corre come un fulmine nell'ufficio stampa grafica per risolvere il problema quando succede qualcosa...

Nel tentativo di schivare una collega con due caffè tra le mani e quindi evitare la lavanderia per entrambi, inciampa su un gettarifiuti finendo letteralmente addosso ad una ragazza appena entrata dalla porta. Risultato: in terra!

"Sono veramente desolato, andavo troppo di corsa e ho combinato un guaio scusami tanto".

Le fa Alex mentre accenna una risata cercando di trattenersi.

"Ma cosa fai? Almeno spero per te che sia veramente importante per correre come un matto".

Gli risponde la ragazza con i capelli arruffati e gli occhiali sul naso mentre cerca di ricomporsi.

Lui la aiuta ad alzarsi, accorgendosi poi che è veramente bella.

Prima che si rimettesse gli occhiali ha intravisto degli splendidi occhi azzurri.

Mentre lei sistema i capelli davanti al viso, leggermente mossi e di un biondo luminoso, Alex non può non notare la sua bellezza e ne rimane per qualche secondo veramente incantato.

Sembrava una scena di un film dove i due cadono a terra e rialzandosi si guardano teneramente negli occhi.

"Posso farmi perdonare? Magari posso offrirti un caffè?".

"Non credo, sei già abbastanza nervoso". Gli risponde a tono la ragazza.

"Lo so, ma ho una buona causa, poi ti spiego".

I due si incamminano verso la sala grafica.

"Guarda devo fare tutto in fretta perché c'è una sorta di cane rabbioso che mi sta alle calcagna nella consegna di un lavoro".

"Il tuo capo?", risponde lei sorridendo.

"Magari fosse il mio capo, no, è una tipa che nemmeno conosco di un altro ufficio che non fa altro che rompermi le palle da tre settimane per una consegna. Già me la immagino. Bassa, brutta e piena di complessi e che deve sfogare la sua ira e il suo dolore per essere da sola e soffrire di solitudine, proprio come un cane".

La ragazza è sbalordita.

" Però! Poverina. E poi dai non esagerare che ne sai".

"Lo so, ne sono sicuro, non vedo l'ora di consegnarle il lavoro per dirle quanto può essere cattiva e…cane ecco!".

I due si fermano davanti al tecnico che ha quasi finito di stampare i poster.

"Devi odiarla veramente", gli domanda la ragazza.

"Oh… puoi scommetterci adesso ritiro questi poster e la uccido.

Lo farò sembrare un terribile incidente. Vedrai non se ne accorgerà neanche nessuno della sua scomparsa, seppellirò il cadavere!".

Lei comincia a ridere. Lo guarda estasiata per le parole appena pronunciate.

"Tieni Alex sono pronti tutti. Attento a non mettere le mani sopra, l'inchiostro è ancora fresco". Il tecnico gli porge i poster freschi di stampa. Lei non può non vederli, anche perché sembra rimanere come stupita dalla vista.

"La linea *Sweet* per *Roxy Beat*?", gli fa la ragazza.

"Si! la conosci? Avrai sicuramente comprato qualche vestito", risponde Alex stupito

"Beh non proprio", la ragazza accenna con un filo di voce.

"Ah, ho capito. Sei una di quelle che cataloga le persone dal modo di vestire, e questa linea per te è da sfigati principini che si vestono tutti uguali come fosse carnevale! Guarda che so riconoscere le persone, ormai non hai più segreti per me, dolcezza!".

"Beh, caro Alex, giusto? Ti chiami Alex vero? Alexander Rossini, esatto?".

Alex comincia ad avere qualche dubbio, e diventa serissimo.

"Per caso ci siamo già conosciuti?".

"Non credo, almeno di persona. Sai la mia segretaria poco fa ti ha appena inviato un fax, dovrebbe essere arrivato, e tu le persone, non le riconosci affatto. I due poster li ho chiesti io!".

Silenzio.

11

Alex diventa più serio di quanto non fosse mai stato in tutta la sua vita.

"Comunque io mi chiamo Monica".

Gli fa la ragazza sbattendole in faccia un sorriso al gusto di vendetta.

In quel momento Alex quello che avrebbe voluto più di ogni altra cosa al mondo era il teletrasporto di Star Trek per poter scomparire all'istante da quella orrenda situazione. O anche una grossa pala o trapano gigante, per poter scavare in fretta un buca e coprirsi dalla vergogna.

Il cane rabbioso che da tre settimane lo massacrava era lì davanti a lui e per di più lui l'aveva insultato in maniera sovrumana facendolo cadere anche a terra.

"Beh io ora dovrei andare, è tardi. Grazie per i complimenti Rossini, sei un amore, e mi raccomando, i poster me li faccia inviare tra meno di un'ora!".

Alex è senza parole, con la testa accenna un si restando in silenzio mentre la ragazza va via ridendo sotto i baffi. Rimane immobile in piedi nella stanza, davanti agli occhi del tecnico che trattiene una delle risate più grosse della storia.

Il tecnico si gira verso di lui.

"Complimenti Alex, guarda, lì c'è la finestra aperta, siamo al quarto piano, non sentirai niente. Tranquillo!"

"Che figura di merda incredibile!", sussurra Alex con le labbra serrate, prendendo i poster e avviandosi verso il suo ufficio.

Non male come giornata.

Il Cico ha cominciato insistentemente dalle nove a chiamarlo, vuole uscire, vuole andare a bere.

Vista la giornata appena trascorsa non è che farebbe male ad Alex uscire per divertirsi, così non si fa pregare più di tanto.

Il Cico è un tipo abbastanza vistoso.

Non sa usare il citofono né tantomeno fare lo squillo col cellulare quando si arriva a prendere qualcuno, usa benissimo il clacson.

Ripetizioni veloci a ritmo, di solito, del brano musicale che gli è entrato in testa pochi secondi prima ascoltando la radio.

Lui è abituato, non ci fa caso, gli vuole bene. Forse sono i condomini a pregare che la sera sia Alex a prendere l'auto.

Entrato in macchina Alex comincia a guardarsi intorno, poi si rivolge all'amico.

"Dove si va?".

"Ale, ci penso io!".

"Oh, allora sto in banca!".

Non si fida molto delle iniziative del Cico. Una volta lo ha portato in locale che lui pensava fosse un club dove facevano una musica jazz da panico. Era un club si, ma per transessuali e con tanto di dark room.

Stavolta però è andata bene.

Sono appena arrivati al Bronze, uno dei locali preferiti da Alex, sia per la musica chillout e lunge fantastica, sia perché fanno un long island ice tea pazzesco. Lui adora quel cocktail.

Pareti blu elettrico, divanetti leopardati e ragazze in canottiera al bancone del bar.

Il dj lo conoscono e quindi appena entrati, nel salutarlo cercano subito di spingerlo a mettere qualche pezzo di *Cafè del Mar*.

Subito accontentati.

Sono seduti al bancone, perché entrambi sono d'accordo che il bancone sia il miglior posto per poter osservare tutto quello che succede nel locale, ordinano.

"Ciao, mi fai un long island buonissimo come è il tuo solito fare e due rum e pera per il mio amico che ha urgentemente bisogno di alcol?".

"Sera Ale".

Marta.

Erano a scuola insieme alle medie. Sono stati perfino fidanzati qualche giorno in seconda media.

Si vedono abbastanza spesso col fatto che Alex molte volte è al Bronze.

In più quel long island e quei due rum e pera, saranno sicuramente offerti da lei.

Sempre molto bella Marta. Non è cambiata per niente. Col tempo migliora sempre di più.

Girano lo sgabello entrambi verso il centro del locale e si accendono contemporaneamente una sigaretta.

Sono pronti per la serata.

Due avvoltoi in attesa delle loro prede. Beh, a vederli sembrerebbero più due passerotti.

"Che spettacolo quel giacchetto".

Esclama il cico mentre fa sentire il ripercuotere del rum e pera nel suo stomaco.

"Dai Cico che schifo, potresti almeno evitare di ruttare in pubblico? Dai… questi vicino ti hanno anche sentito. Sei un troglodita. Comunque è fighissimo".

"Il rutto?".

"Ma che il rutto! Cico a volte mi spaventi, sicuro che il cervello te l'hanno montato nel verso giusto. Il giacchetto parlavo. Il giacchetto!".

"Ah…pensavo il rutto. Ho anche usato il diaframma".

"Sei senza speranza".

Un giubbetto di pelle rosa con impressa sulla schiena la bandiera del Regno Unito. Un po' vistoso, ma molto fashion. Lo indossa una ragazza seduta di schiena fronte a loro.

Abbandonano subito il discorso per tuffarsi con gli occhi sulla scollatura di una tipa seduta al tavolo con il suo ragazzo.

"Se la mia ragazza avesse delle tette così grandi, diventerei pazzo! Adoro troppo le tette!".

"Cico tu adori tutto quello che respira, e per di più in carne!".

"Lo vedi quanto sei… non capisci l'importanza della donna!".

"E già, non la capisco, la capisci tu! Dai facciamo un giro per vedere se c'è movimento".

Alex si allunga sporgendosi sul bancone per arrivare a dare un bacio tenero sulla guancia di Marta che si adopera nel tagliare il lime.

"Ale quante donne hai avuto per l'esattezza in vita tua?".

"Dipende".

"Dipende da cosa scusa?".

"Dipende se intendi donne di cui mi sono innamorato!".

"Certo che intendo questo idiota, tu sei il romantico, tu sei quello che la donna la va a prendere vestito d'azzurro con un cavallo bianco e la spada nella fondina".

"Beh togliendo l'età adolescenziale dove qualsiasi era quella della mia vita, direi… nessuna".

"Ale come nessuna? Neanche una? Nessuna nessuna nessuna?".

"Già proprio così".

"E non ti vergogni?".

"No, perché osservo, pondero e aspetto la donna della mia vita".

"Ale stai fumando molto in questo periodo?".

Discorsi filosofici post cocktail.

Dentro di se si è posto molte volte la domanda di stare con una ragazza che amasse veramente, Alex non è un tipo molto riflessivo. Prende tutto come va, e se sbaglia tira fuori una grossa gomma dall'astuccio e cancella tutto in un batter d'occhio, per poi ricominciare.

Forse Camilla.

Sono stati insieme circa sette mesi. Lui le voleva molto bene. Pensava di amarla.

Ma un estate con gli amici in Versilia è bastata per togliere il suo dubbio.

Eppure lui odia tremendamente tradire una persona, perché più che un tradimento lo considera una tortura, un atto doloso. Se succedesse a lui, non sopporterebbe la cosa, di conseguenza non lo fa agli altri perché si metterebbe nei loro panni capendo quanto si possa soffrire.

Ma quell'estate successe e lui non disse nulla a Camilla per evitare che soffrisse, anche se lei soffrì lo stesso ascoltando la voce di Alex che le diceva che era finita perché era un periodo no e che doveva stare da solo. Aveva mentito, però a fin di bene.

"Ale… Oh ci sei?".

"Ah si scusa, dicevi?".

Risponde Alex lasciando quel pensiero che l'aveva isolato dal resto.

"Sei con noi? Beh comunque ti dicevo che questa sera ti trovo la donna della tua vita".

" Oh mio dio, che gesto gentile. Sparisci! Anzi… guarda ti aspetto qui al bancone ansioso e con le mani sudate!".

Il Cico scompare tra la gente.

Passa circa un quarto d'ora, Alex intanto ha bevuto una tequila sale e limone con Marta, comincia ad essere un po' brillo. Ma sta bene, a lui piace molto quella sensazione di benessere e felicità alcolica.

"Ehi Ale, mi dispiace non ho trovato nulla di adeguato ai tuoi gusti, ma in compenso ho trovato una mia amica che da tempo non vedevo e si ferma a bere una cosa con noi".

Ne era certo che sarebbe tornato a mani vuote.

"Ciao, piacere io sono Alex, come mai conosci una creatura obsoleta come il Cico?".

La ragazza tende la mano verso Alex.

"Beh, cronache di vita… Comunque io sono Mara e… Aspetta che sono con una mia amica che deve essere qui intorno".

La indica. E' di schiena. Sta salutando una persona. E' la ragazza su cui prima avevano fatto dei commenti per il giubbotto molto fashion con la bandiera del Regno Unito".

Si volta dicendo sorridendo.

"Piacere io sono Monica!".

Il Cico non era tornato a mani vuote, bensì con un problema assai più grande.

"Sei tu?"

Sbalordito esclama Alex.

15

"Non ci posso credere che giornata ragazzi, se la racconto a qualcuno mi prende per fuori".

Intanto all'unisono il Cico e l'amica:

"Vi conoscete?".

"Certo che lo conosco. Pensate ad un tipo arrogante, idiota e presuntuoso e moltiplicate per dieci!".

Risponde Monica come disgustata sbattendo il piede in terra.

"Cico divertiti, io me ne vado".

"Beh dopo tutto quello che mi hai detto e dopo avermi anche sbattuto in terra mentre correvi come un pazzo potresti anche offrirmi da bere, presuntuoso!".

"Offrirti da bere? ho bevuto abbastanza, vado a dormire che domani lavoro".

"Lavori? Ma se per fare due poster c'hai messo tre mesi, sei ridicolo".

Alex comincia ad irritarsi.

"Senti dolcezza, quanto ci metto sono problemi miei, d'altronde non è colpa mia se la tua bella società dai riccioli d'oro non ha dei grafici che sappiano fare il lavoro".

"Ma tu guarda".

Alex la interrompe.

"Senti, pace, facciamo finta di niente, ora io mi alzo, vado via e voi continuate la vostra splendida serata, Cico ci si sente domani", si alza, da una pacca sulla spalla al suo amico e via.

Il tutto sotto gli occhi si Mara e il Cico che rimangono senza parole per la reazione di Alex.

Lei rimane impietrita che sbuffa, non si aspettava tutto ciò, prima di tutto di incontrarlo e poi che si comportasse in quel modo.

Fuori fa un po' freddo.

Alex si accende una sigaretta e comincia a camminare ripensando a quello che aveva fatto nel locale.

Si sente orgoglioso. Freddo. Egoista.

Forte.

Comincia a ridere allungando il passo.

Dentro di se sa di averla spiazzata completamente. Si sente grande. Fuma respirando a pieni polmoni guardandosi intorno con un aria maestosa.

Continua a camminare.

Ride. Troppo.

Ad un tratto si ferma e diventa molto serio.

Sembra che dentro di se c'è qualcosa.

Come se ci fosse una cosa che non sia andata nel verso giusto.

Come se avesse in qualche modo esagerato.

Non riesce a rendersi conto di cosa.

Poi sgrana gli occhi e realizza. Sta camminando da un quarto d'ora e si è appena ricordato che è venuto con la macchina del Cico.

Maybe tomorrow , il brano che passa 103.600.

Alex comincia piano ad aprire gli occhi.

Sono le dieci, il timer dello stereo non sbaglia di un secondo.

La luce è già da un pezzo che ha invaso la sua camera, ma lui sembra non preoccuparsene visto che continua a stare nel letto beatamente.

Ma purtroppo è ora di alzarsi.

Il caffè è gia nella moka pronto per essere messo sul fuoco, è stata la mamma, pensa sempre a lui.

Sul tavolo ci sono dei cornetti ancora tiepidi che il padre è andato a prendere dal fornaio in modo che al risveglio potesse trovare la colazione pronta.

Alex alla vista di tutto questo comincia a sorridere pensando a quanto bene i suoi gli vogliano.

Il cornetto è alla crema, avrebbe preferito alla nutella, ma può accontentarsi.

Lo immerge completamente nel latte.

Intanto sullo sfondo insieme alla radio che continua a suonare con un volume morbido si sente lo scrosciare dell'acqua calda che esce nel tentativo di riempire la vasca. Ha voglia di fare un bel bagno.

Ad un certo punto comincia a sbuffare. Non ha le sigarette.

Le ha terminate la sera prima ma non ha avuto modo di comprarle.

Allora ricorre a del vecchio tabacco nel cassetto che aveva comprato una volta, con l'idea di iniziare a fumarlo per diminuire le sigarette fino al punto di smettere. L'idea fu abbandonata in un solo pomeriggio.

È stata una strana giornata quella di ieri per Alex.

Non smette un istante di pensarci.

O forse, non smette un istante di pensare a lei.

Mentre si asciuga i capelli guarda l'orologio sbuffando per l'orario.

Sono quasi le undici e lui va molto di fretta.

Deve andare al lavoro per consegnare lo spot della *Roxy Beat* e guarda caso per vedere la reazione di Monica, dopo la serata appena trascorsa.

Mentre è in macchina nota sul cruscotto il foglietto del negozio di arredamenti.

L'ha dimenticato!

Ha preso casa.

Una casetta tutta per lui.

Un po' di sacrifici, un cospicuo aiuto dai suoi e i soldi che gli ha lasciato la nonna.

Un paradiso tutto per lui.

Ma ha dimenticato di andare al negozio per il divano.

Doveva andarci ieri, ma si vede che qualcosa ha distolto i suoi pensieri.

Schivando le scrivanie sparse per l'ufficio, dei passi aumentano sempre la loro intensità.

"Allora Rossini lo spot è pronto?".

"Certamente! In più però vorrei aggiungere un pranzo, me lo deve".

"Te lo devo? Stai scherzando?", gli risponde la ragazza sgranando gli occhi.

"Oh guardi offro io, non si preoccupi, era solo per calmare un po' le acque!".

"Alex perché continui a darmi del lei?".

"Perché ieri sera è rimasta tutta sola nel locale a mordersi i gomiti!".

"Cosa?".

"Beh certo, il suo interesse non c'era più!".

"Lo sai che sei molto arrogante?".

"E' la prima che me lo dice, comunque tenga, lo spot è perfetto, per i complimenti non si preoccupi, me ne ha già fatti tanti!".

La ragazza rimane esterrefatta dal comportamento di Alex.

Non lo sa neanche lui cosa l'ha spinto a comportarsi in quel modo, ma dentro di se sa di averla colpita però.

Il resto della giornata se n'è andato tra sguardi e occhiatine tra i due.

Lei ha pranzato in un angolo con uno yogurt ed una mela, lui ha ricoperto il tavolo di cartacce del *Mc'donalds*.

Il pranzo insieme non c'è stato, ma sicuramente qualcosa comincia a muoversi.

In questo periodo il lavoro per Alex non è particolarmente intenso.

Non ci sono molte campagne pubblicitarie e di conseguenza lui il tempo lo passa davanti al computer a scaricare mp3 illegalmente da qualche sito.

Ogni tanto spunta qualche foto osè, contenuto delle e-mail che gli manda il Cico dal suo ufficio.

Alex sorride.

Sono passati sette mesi da quel giorno.

Il Cico non vende nessuna polizza.

La Roma non sta andando un granchè in campionato.

Il premier continua a giocarci brutti scherzi.

Alex e Monica sono finiti insieme.

Ma non tutto sembra girare per il verso giusto.

La musica sembra filtrare dalle pareti del locale.

Fuori dei ragazzi stanno per infrangere la legge passandosi della cartine che tra poco onduleranno felici tra i polpastrelli delle loro dita.

Accanto ci sono delle auto parcheggiate.

Una ha i finestrini aperti da dove escono boccate di fumo.

"Dai Ale, la smetti? Sei nervoso che fai paura!".

"Cico fatti gli affari tuoi!".

"Lo vedi, stai diventando pazzo".

"Non sto diventando pazzo!".

"Allora mi spieghi perché siamo dovuti andare via dal locale?".

"Perché non mi sento bene, e poi è tardi!".

"Ma se è mezzanotte!".

"Domani mi alzo presto".

"Ma se ti alzi sempre per le dieci!".

"Basta, dacci un taglio!".

Il Cico sembra non aver più a disposizione nessun tentativo.

"Ale, dentro hai lasciato sola Lenticchietta".

"Ci mancava anche lei a farmi girar la testa".

"Girar la testa? Oh, adesso che ti ha fatto anche lei?".

"Nulla... Dai andiamo a riprenderla".

Non ce la fa a dirglielo.

Sta soffrendo.

Una sofferenza che ogni giorno affligge molte persone.

Lui non ne sapeva nulla fino a pochi giorni fa.

Il Cico continua a guardarlo pieno di punti interrogativi, chiedendo che strada avessero preso i pensieri del suo amico, all'oscuro, che quella strada fosse un vortice impetuoso verso il buio.

Alex, sta male.

Una relazione che non va non può destare tutto questo dolore.

In amore si sa, c'è chi vince e c'è chi perde, glielo ha sempre insegnato il buon Vasco.

Ma forse in quel momento le parole del mito di Zocca non servono a nulla.

Qualche settimana prima.

Alex è sdraiato sul divano, ha gli occhi spalancati e un sguardo fiero di ciò che sta vedendo.

La sua mano fruga velocemente in una busta come se stesse per prendere un numero della tombola nella sacca del cartellone.

Ma dal suo palmo escono per magia semplicemente dei pop-corn scoppiati giusto pochi minuti prima in una padella tonda con un filo d'olio.

Li porta con gusto alla bocca, sono buoni e ancora caldi, salati al punto giusto e da poco sposati con una lattina di coca cola che la mamma gli ha portato.

Discovery Channel sta dando uno speciale sull'horror.

Lui adora l'horror.

La puntata parla dei vampiri e lui ne è molto affascinato.

"Ale, ha chiamato Monica, dice se ti muovi, vestiti che ti sta venendo a prendere tra un quarto d'ora".

La mamma lo avverte dalla cucina mentre prepara il suo mitico ciambellone di cui Alex ne va pazzo.

Le scene del documentario sono sempre più tenebrose e lui si fa rapire dal quel susseguirsi di immagini.

"Ale mi hai sentito?".

Scorre il sangue, a fiumi. E poi lui a casa non ha il satellite, di conseguenza quando è a casa dei suoi si ingozza di canali e pay per view.

"Ale, ma mi vuoi rispondere, hai capito che ti ho detto?".

Lui ha sentito benissimo, ma non vuole coprire con la sua voce quello che il narratore sta dicendo in un modo inquietante.

La mamma entra nel salotto.

"Ale ha chiamato Monica, è qui tra un quarto d'ora, anzi ormai tra dieci minuti".

Sbuffa.

Vistosamente.

"Mamma ho sentito, ora mi lavo i denti ed esco".

chiunque in quel momento non avrebbe avuto dubbi sulla voglia di Alex di alzarsi, abbandonare quelle scene sinistre, lavarsi i denti e uscire, per di più quando sta anche piovendo.

"Ale dimenticavo, prima ha anche chiamato Lenticchia, tu eri in doccia, voleva sapere se andavi con lei al concerto".

"Quale concerto?", le fa come se non ne avesse mai sentito parlare di quell'invito.

"E che ne so io, sarà uno di quelli che piacciono a voi dove fanno solo casino, aspetta me lo aveva anche detto il nome, avevano un nome corto, aspetta, ah… *Sciarp*!".

"Sciarp, e chi sono?"

"E a me lo dici, magari era Sciarpi!".

"si, mamma. Scialpi! Tra te e papà con i nomi dei cantanti e attori siete tremendi".

"A me sembra che ha detto cosi, e poi mi ha detto che sono spagnoli!".

Con quel dettaglio ricorda.

"Mamma gli Ska-p, ma come fai a scambiare Ska-p con Scialpi?".

"Quanto sei arrogante!".

"E tu sei forte mamma".

"E già, veloce che Monica aspetta".

Più tardi in macchina Monica è un fiume in piena di domande.

Lui invece tiene poggiato la testa sul finestrino della macchina il tanto da fare appannare leggermente il vetro con un alone intorno alla sua testa. Lei tiene sempre i riscaldamenti al massimo.

Fuori Polo Nord, dentro Maldive.

Gli chiede anche perché ci abbia messo tanto tempo a scendere.

Lui le risponde che stava vedendo un documentario interessante. Ma non le dice tutto. Quello lo ha detto solo a se stesso.

Si fermano a Via Cola di Rienzo, c'è molta gente. È sabato pomeriggio. Ha smesso di piovere.

Fanno due passi guardando le vetrine. Lei mastica un gomma mentre guarda un completo intimo, lui fuma svogliato pensando se quella giacca di pelle su quel manichino a lui starebbe bene.

Intorno molta gente, tante coppie mano per la mano. Qualche tassista fermo in attesa di un cliente, un vecchietto che vende le caldarroste ad un prezzo troppo elevato. Sembra quasi Natale, anche se mancano due mesi.

Un poliziotto di quartiere esalta la sua muscolatura e l'importanza di avere una pistola nella fondina, sotto una divisa in cui è convinto che si rispecchi la bellezza.

Dei ragazzini corrono verso l'entrata di una sala giochi discutendo su chi sarà il primo a giocare a chissà quale nuova innovazione dei videogame.

Lui è molto distratto.

È pieno di pensieri che gli girano per la testa in un modo però irregolare.

21

Lei ogni tanto le si avvicina dandole un leggera pacca sulla spalla, segno che è rimasto indietro e deve allungare il passo.

"Ale ma tu che ne pensi: settimana bianca o Sharm el Sheik?".

Nella sua testa sale un leggero nervosismo, sa che lei non scia e odia fare lunghe camminate, il freddo le irrita la pelle e non sopporta camminare sulla neve. Perché non gli dice semplicemente di andare a Sharm? Non sarebbe meglio?

Avrebbe voglia di dirglielo, ma dalle sue labbra esce solo un rauco *boh!*

Lei non sembra far molto caso alla sua risposta, tant'è che continua a camminare guardando appassionata un negozio di pellicce, pur sapendo che il suo ragazzo non gliene comprerebbe mai una. Alex odia le pellicce.

Poco dopo sono davanti a Blockbuster e lei gli fa segno di voler entrare. Vuole comprare i pop-corn al burro che si cuociono nel microonde, ne va pazza.

Alex acconsente ed entra, una sguardo ai film e alle novità non fa mai male.

Davanti a lui ci sono molti scaffali contenenti le opere di tanti esperti, rivelazioni, esordienti e cani di registi.

Passa davanti alla stanzetta riservata ai luci rosse.

Ne esce un tipo sui trenta con un aria fierissima per aver trovato chissà quale intrecciata e vogliosa storia.

Alex lo guarda, per niente schifato, che male c'è in mancanza di altro pensa.

Gli fa un accenno di sorriso come per dire: stasera ginnastica!

Poi torna a guardare gli scaffali.

Si ferma davanti a quello dell'usato.

Tra i tanti titoli ne prende uno con una copertina un po' sbiadita.

Sembra molto vecchio, consumato.

Legge il prezzo. 3,99 euro.

Però. Il vecchio proprietario deve averlo visto parecchio.

È del 1991.

I suoi occhi scorrono lentamente sulla trama.

Prima opera dell'esordiente Mc Kelly.

La storia di un ragazzo che cerca da sempre il suo vero amore, quello da sogno, per poter riuscire a vivere la sua favola.

Il film che ha fatto sognare generazioni di adolescenti, la prima apparizione sul grande schermo di un giovanissimo Mark Ritt.

Poi lo gira e legge il titolo.

True love, vero amore.

Vivere la mia favola.

22

Questo sta pensando mentre tiene tra le mani una videocassetta da quattro euro scarsi.

La vuole comprare, vuole vederlo quel film.

Non sa neanche il perché.

Ma è come se gli avesse svegliato nella testa un qualcosa che giaceva in letargo.

Poi ci pensa.

Non ha il videoregistratore a casa.

Ha optato per il dvd, d'altronde ormai siamo nel terzo millennio, e le vhs sono in via d'estinzione.

Monica ha preso i suoi pop-corn, chiama Alex per uscire, lui la segue ma rimane con un dubbio.

Scuote la testa. Non può essere.

Il vento gelido di fuori non gli schiarisce le idee.

Il dubbio rimane.

Possibile che una cassetta di qualche anno faccia pensare.

Possibile che per pensare servi prendere qualcosa.

Possibile che per pensare si debbano spendere 3.99 euro.

Mette da parte questo pensiero, ma lo riprenderà non molto più tardi.

Passano i giorni.

Litiga sempre con Monica.

Ed ogni volta le litigate sono sempre più furiose.

Non sa cosa deve fare.

Ha sempre creduto che stare con una ragazza significasse felicità.

Lo credeva.

È un po' di tempo che si chiede cosa si provi per una persona quando si è innamorati.

È un po' di tempo che si chiede se sia capace di provare amore.

"Io non riesco a capirti Alex, continui ad essere freddo ed impacciato quando ti parlo. Mi vuoi rispondere?".

Quelle parole, devastanti e pungenti per il suo cuore.

Non fa altro che sentirle da qualche tempo.

E lei, che coraggio! Senza neanche un pelo sulla lingua, punta il dito su di lui senza nemmeno pensarci un istante.

Alex non ce la fa più a sopportare tutte quelle parole.

Non più.

"Sei capace di amare? Questo mi chiedo sempre, caro Alex".
Non più.
O forse, la parola amare non rientra ancora nel suo dizionario.

Amare è un passo difficile da compiere.
È già, è proprio un passo. Un momento da affrontare. Un intera scala a cui bisogna far fronte ed impegnarsi per superare tutti quei gradini che si hanno di fronte.
Una piramide egiziana la cui punta si dissolve tra le nuvole per la sua imponente altezza.
Il più alto di tutti i grattacieli.
Il monumento più mastodontico costruito dall'antica Roma.
Un gigante.
Ma allo stesso tempo anche un piccolo scalino.
Un leggero rialzo, un soppalco piccolino in cui non entrano neanche tutti i vestiti invernali.
Un appartamento al piano terra.
Beh. Vallo a capire come si raggiunge il momento in cui si può dire con certezza *io amo*.
Per Alex questo dubbio è sempre stato tatuato sulla sua pelle in un punto che purtroppo non riesce a vedere, ma sa che c'è.
O forse non ci aveva mai fatto caso fino a quando non si è imbattuto in Monica.
Ed ora tutto gli sembra un incubo.
La vita di coppia, le abitudini, il sentirsi sempre, il vivere accanto giorno dopo giorno.
Il condividere gli amici, lo sport, i film, la musica, il cibo e tutto quello in cui lui si rispecchiava da solo.
Beh tutte, o quasi, le coppie lo fanno.
È normale.
Se si ha vicino la persona giusta però.
Semplice.
Uno.
Due.
Tre.
Fatto.
Neanche per sogno.
Il cervello sembra facile da manovrare, specialmente in queste situazioni, quando avere qualcuno vicino sembra essere fighissimo.

Talmente facile come se la scatola cranica fosse collegata ad un mouse, e poi, tasto destro, proprietà e si modificano le cose nel migliore dei modi.
Miracoli…
E poi stiamo parlando sempre di donne.
E di uomini.

Proprio ieri sera lui e Monica si sono lasciati.
Non potevano più stare insieme.
Non è la prima volta che succede per lui.
Ma stavolta sembra essere diversa.
Più volte si è chiesto se amasse quella ragazza, più volte ha capito di non amarla e di non essere pronto per amare.
Perché, allora, ora si sente come mai lo è stato?
Dal Paradiso all' Inferno in poco tempo? Come è possibile?
Passano dei giorni, ma la situazione non cambia.
Lei non lavora più con lui, sta a Milano, e sicuramente sarà con un altro.
Lui l'ha già dimenticata, ma il suo stato d'essere non vede miglioramenti.
Ha pensato che forse gli mancava?
Forse provava qualcosa per lei.
Domande che con gli eventi sono state smentite.
E allora cos'è che è cambiato in lui.
Non riesce a parlarne con nessuno.
Il tempo passa e a lui sembra di diventare pazzo.
Ha una casa tutta sua che ha sempre sognato, l'ha arredata con stile e sacrifici.
Il lavoro non gli fa mancare niente.
Gli amici sono sempre vicino a lui.
Spesso gli viene in mente se gli stesse capitando qualcosa di brutto.
Certe sensazioni le ha sempre provate, da anni, ma non hanno mai destato la sua preoccupazione e paura come in questo periodo.
Può succedere qualcosa in grado da scatenare un dolore in una persona senza che se ne accorga?
Ma si può fare una relazione con una persona e perdersi completamente in una miriade di dubbi e paure?
Alex è un po' di tempo che se lo sta chiedendo.
Ci si può affezionare tantissimo ad una persona.
Le si può voler un bene dell'anima.
Si può star bene vicino a quella persona.
Ma sulla propria pelle si sa fin da subito se quello è, o non è vero amore.

Quello che aspettavi da una vita.

Quello che hai sempre sognato e mai trovato.

Quello a cui ci speri e quello su cui piangi.

Quello che sei stufo di vedere solo al cinema.

Quello che almeno per un attimo vorresti provare, e non vedere.

E a quel punto bisogna fare una scelta.

Vivere nel bene, nel tranquillo lasciando da parte quello a cui veramente si dedicano i sogni, o sperare di riuscire a viverlo come si è sempre immaginato?

E se poi non lo si trova?

Se poi non si riesce veramente a viverlo quel sogno?

Potrebbe essere una scommessa difficilissima, più di qualsiasi altra.

Potrebbe essere più difficile di un sei al superenalotto.

Lasciare la strada che si conosce per una che non potrai sapere dove ti porterà.

Rischiare.

E se non lo si troverà mai?

Mai dire mai, è vero.

L'eccezione che conferma la regola.

Proverbi. Soltanto proverbi.

Allora ci teniamo quello che si ha.

E se poi impazziamo?

True love…

Esisterà?

È quello che si chiede Alex.

Un pensiero fisso che ormai è venuto a galla e non affonda più.

Come quel sabato pomeriggio.

Senza aver speso 3.99 euro.

I giorni continuano a passare lividi.

Alex maneggia nervosamente l'accendino che ha tra le mani, facendo fare più volte il giro della rotella ed il click della pietrina. Ogni tanto si passa la mano tra i capelli che per via del vento si posano davanti ai suoi occhi. Un paio di occhi intensamente marroni quanto tristi.

"La vuoi smettere con quell'accendino?".

Alex si ferma di colpo.

"Ah, scusami".

Risponde con un filo di voce come per scusarsi.

Abbassa la testa. Poi la rialza prendendo fiato.

"Sai, non lo so perché io ti abbia raccontato questa storia, ma sai ho avuto un irrefrenabile voglia di farlo".

Quell'uomo così premuroso e intanto a capire il malessere di un giovane ragazzo, accenna un sorriso.

"Non devi preoccuparti, è bene che tu ci sia riuscito, e che lo abbia fatto spontaneamente".

Alex abbassa lo sguardo nuovamente.

"Si ma dentro adesso ho il fuoco, la mia testa ora sta soffrendo".

"Ragazzo mio sono sensazioni che si debbono provare quando si ha qualcosa dentro", con le lacrime agli occhi Alex rialza lo sguardo.

"Si ma fanno male".

"Lo so, ma devi avere la forza di provarle tutte fino in fondo".

"A te è mai successo?".

"Cosa?".

"Di provare tutte queste sensazioni insieme a tal punto di farti svenire?".

"Shhh… Tutti noi le proviamo, ma non abbiamo il coraggio di raccontarle".

"Già, è vero".

"Non ne avevi parlato con nessuno?".

"No, solo ora con te. Dio però come mi sento, malissimo".

"E' la vita ragazzo mio, la vita".

"Se questa è la vita".

Alex si alza dalla sedia per andar via.

"Ehi giovanotto, che pensi di fare adesso?".

Alex si gira verso quella persona che è stato il suo primo confessore nella sua vita, quella persona che ha conquistato la fiducia di un ragazzo alle prese con la vita e che gli ha consegnato tutti i suoi pensieri.

"Non lo so, non ho idea".

Va via accostando la porta. Con un brivido lungo la schiena e la paura di chi sa che deve affrontare l'ostacolo più insidioso e difficile, ma anche quello più forte e bello che ci sia.

La vita.

27

1. Dentro di me

Sono affannato, giro per la stanza come un pazzo. Mi manca l'aria, la vista è sempre meno nitida. Forse è un attacco di panico. Sto impazzendo. Cerco di distrarmi con qualsiasi cosa: un quadro, una fila di cd leggendo velocemente i titoli impressi su di un lato, una tazzina riportata da Praga circa un paio d'anni prima, una penna stilografica mai usata e ancora protetta da un ormai sbiadito cellophane azzurro, la copertina di un disco. Cerco di fissarla attentamente, i colori sono sfocati, è un disco di Madonna, non molto recente. Lo guardo con nervosismo, non riesco a distinguere correttamente le sfumature dei colori.
Sudo.
Sono sempre più agitato.
Ho preso una camomilla, ma vorrei decisamente qualcos'altro. Qualcosa che mi spenga. Qualcosa che dia una fine a questa sofferenza.
Odio il mal di testa. Odio il mal di stomaco. Il cervello non fa altro che mandarmi davanti agli occhi una sequenza di scene atroci per me. Litigi. Depressione. Spirale terribile che spinge sempre più a fondo. Il baratro. Aggrappato ad un precipizio di uno strapiombo immerso nel gelido d'inverno. Le mie gambe tremano, sono fredde. Accendo un'altra sigaretta. La fumo con velocità, senza neanche respirarla del tutto. Sto soffocando, ma una boccata di fumo mi da l'aria. Con il palmo della mano faccio roteare un giradischi poggiato sopra un mixer ora non più funzionante. Una volta suonavo. Ora ho l'angoscia. La camomilla non fa effetto, la muscolatura del corpo diventa sempre più un delicato nodo intrecciato. Cerco di rilassarmi, ma mi rimane veramente difficile. Con pochi passi mi avvicino alla finestra, fuori piove, niente di più triste, giustamente in questi momenti non può essere una bella serata piena di stelle, sarebbe un peccato.
Fuori fa freddo.

Ma delle gocce che cadono sulla grondaia, rubano la mia attenzione. Una melodia triste sembra estraniarmi da tutto il resto. La pioggia, una musica da ascoltare degna di un *Grammy*.

Quando scende accompagnata dal quel leggero fruscio e si va ad infrangere su una qualsiasi superficie, è incantevole.

Musica. Se si nota, non ha sempre lo stesso tempo, o forse si, ma automaticamente la testa ne da uno tutto suo. Cerchi di trovare una nota, un arpeggio o addirittura una rullata. Questa è la pioggia, innocente e impulsiva melodica musica. Beh, ho passato due ore davanti alla finestra, incantato da un suono prima mai ascoltato, o forse mai voluto ascoltare. Il giorno dopo sarebbe passato tutto, per poi chissà quando tornare a bussare alla mia porta. Di sicuro so che l'avrei accolto. Ormai fa parte di me. Penso che io sia un idiota a volte. Beh non ci sarebbe niente di strano se non fosse che lo penso parecchie volte.

Sembra che dormo in piedi. Ho come la sensazione che molte cose mi passino davanti agli occhi ed io non le veda. Come se fossi assente, o che voglia essere assente. Mi dispiace, ma l'artista si è preso una pausa di riflessione, è in vacanza! Solo che io non sono ne un artista e sono andato in vacanza con la depressione, un bel viaggetto soli io e lei.

Faccio pena!

Da quello che posso dedurre forse amo essere depresso, forse non so stare senza la tristezza. Mi piace chiudermi, restare solo, piangermi addosso. Direi che voglio essere malato. È una forma d'autoconvincimento questa Amo il mal di testa e non posso stare un attimo senza la gastrite.

Faccio sempre più pena…

Eppure se penso un attimo a quello che voglio, quello che desidero, quello in cui vorrei sfondare, quello che vorrei diventare.

Sempre sempre più pena…

Voglio fare l'astronauta!

Voglio andare sulla luna!

Bah… Sarei capace di perdermi anche lì e magari sbarcare su un pianeta straniero contaminando di tristezza anche il popolo alieno che vi abita.

Allora faccio il calciatore, no sono troppo grande, peccato però, le letterine meritano.

Allora voglio fare, aspetta doveva esserci una moneta da un euro da qualche parte sul tavolo. Allora testa rockstar croce broker. Beh si, il broker è il lavoro più figo che ci sia nei film americani. L'hanno fatto Brad Pitt. George Clooney, Ben Affleck. Macchine, soldi e belle donne. Da noi si chiama consulente finanziario. Consulente finanziario? Che schifo! Lo fa mio cugino, mi deve 100 euro, ha una Panda e non ha una tipa da dieci anni. Allora testa rockstar croce attore, si attore ci sta.

Poggio l'euro sul pollice pronto per essere colpito dall'indice che lo farà roteare verso l'alto dando quindi un senso al mio futuro.

Mi fermo

Ma che sto facendo? Ho venticinque anni, per favore. Resto col dubbio. Vado a dormire.

Intanto un altro giorno è passato, come sia passato questo non me lo so spiegare. Ma è passato.

Mentre gira un cd dei *Cure*, rock e velenoso, mando giù due dita di rum e cerco di sorridere.

Sono le tre del pomeriggio, ho dormito parecchio. Ultimamente dormo veramente molto.

Tra di me penso se sia giusto o no andare a lavorare. Il che però significa nervoso tristezza ed ansia.

Beh allora scelgo un film. Ma non uno impegnativo, la testa è pigra, e davanti ad una storia coinvolgente magari potrebbe restarci secca. Un comico no perché rischierei di rovinarmi la giornata se passassi due ore a ridere. Una storia d'amore neanche a dirlo sarei ancora più triste. Allora un porno? No, sarebbe troppo faticoso.

Andata per l'horror, visto che vanno di moda le tenebre tanto vale che al mio stato d'animo aggiunga un aspetto sinistro.

Finalmente qualcuno ha avuto la brillante idea di aprire un videonoleggio proprio sotto casa mia, metto su un cappello ed il giubbotto, sopra la tuta azzurra e la felpa verde che più che un abbinamento di colori sembra uno schizzo di un poeta impressionista catalano. Esco.

Sigaretta accesa nell'androne del palazzo in modo che qualche inquilino possa avere un argomento interessante da trattare alle riunioni di condominio, e mi avvio verso il negozio. Fuori fa molto freddo, l'inverno quest'anno si è fatto sentire bruscamente. Per la strada ci sono pochissime persone, un bambino che torna da scuola dopo aver fatto la lunga, piegato a quarantacinque gradi da uno zaino che forse avrà contenuto l'intera *Treccani*.

C'è un poliziotto che aspetta in macchina, il suo collega sicuramente di straforo sarà salito un istante a casa per un bacio alla mamma o un dolce colloquio con il bagno.

La serranda della videoteca è ancora chiusa, apre alle tre e mezza, sono appena le tre e dieci. Venti minuti di silenzio si apprestano ad avvolgermi prima di un ciao, quant'è, grazie ciao.

Direi che è anche tanto, certe giornate il rapporto sociale si ferma ad un *chi è* ad un tipo che suona al citofono per mettere la pubblicità nelle cassette della posta.

Accendo un'altra sigaretta, ma tira molto vento, così devo improvvisarmi contorsionista racchiudendomi nel giubbotto cercando di far uscire la fiamma dall'accendino.

Sto pensando anche ad acquistare un cellulare. Per giocarci un po', per passare un po' di tempo, ma costano troppo, e di soldi non è che ne abbia molti.

Mio padre direbbe: lavora! Così ti compri tutto quello che vuoi. È già il lavoro. Lo trovassi un lavoro che mi renda felice, poi sai cosa mi importerebbe dei soldi e di un fottuto cellulare.

Perso nel mio dilemma non mi accorgo che il ragazzo della videoteca sta tirando su la serranda.

Lui è un tipo abbastanza goffo, non molto alto e con l'aria di un sinistroide intellettuale.

Entro dentro, i riscaldamenti sono ancora spenti. C'e' poca differenza in confronto a fuori, quindi sicuramente la mia permanenza all'interno sarà sicuramente molto breve..

Ad un tratto si gira verso di me.

"Dimmi posso aiutarti?"

Non me lo aspettavo. Di solito faccio da solo, entro scelgo il film, pago e vado via. Ma questa volta è stato diverso, mi ha spiazzato.

"Quali sono le novità del mese?", gli rispondo con un aria un po' sorpresa.

"Sono lì, sullo scaffale vicino alla vetrata".

Mi sono salvato, è stato molto conciso, se avesse cominciato ad elencarmi i titoli delle novità sarebbe stata la fine.

Mi avvicino allo scaffale. Dunque, si era parlato di un horror, devo solo scegliere se un classico o uno splatter pieno di effetti e di sangue.

Vada per il classico, non c'è niente che però desti la mia attenzione. Come al solito sono apatico, non riesco neanche a scegliere un film. Basta, saluto il tipetto che è alle prese con una bomba al cioccolato ed esco. Niente film, cercherò di occupare il mio tempo in qualche altro modo. Mi incammino verso casa, fa sempre più freddo. Tiro su il cappuccio del giacchetto, l'aria è molto gelida, sul viso fa male. Comincia ad imbrunire e sono solamente le quattro del pomeriggio. Per la strada c'è sempre meno gente e dentro di me comincia a farsi sentire una solitudine che punge. Solo, che cammino per la strada e sto tornando a casa per stare nuovamente solo, o magari in

31

compagnia di chissà quale bicchiere. E' tosta così, veramente tosta . Non ho il coraggio di chiamare un amico ne tantomeno di andarlo a trovare. Troppo orgoglioso di me. Quando ce n'era veramente il bisogno ero solo ugualmente, non ne sentirò la mancanza. A volte mi riconosco molto categorico ed abbastanza crudele nella scelta delle decisioni, molto freddo, ma per arrivare a questo qualcosa è accaduto.

Le mani sono gelide e con fatica riesco ad infilare la chiave nella serratura del portone. Apro, salgo le scale nervosamente, lo stridolìo delle corde dell'ascensore che arriva al piano terra mi fanno compagnia in un attesa dove il silenzio si riversa direttamente nella mia testa sottoforma di una miriade di pensieri. Mi accendo un'altra sigaretta, sono arrivato a fumarne circa trenta al giorno pentendomi sull'elevata quantità tutte le sere che vado a dormire guardando il pacchetto e dicendo tra di me "Ho esagerato ne ho veramente fumate troppe, questa è l'ultima domani diminuisco". Sapendo che non sarà mai così.

Entrato in casa mi sdraio sul divano cominciando a fare zapping coi canali della tele a tempo di record. Non riesco a trovare qualcosa che riesca a farmi stare tranquillo ed ormai sono circa quarantotto ore che non sorrido.

Però calcolando che due parole le ho scambiate oggi posso ritenermi soddisfatto delle mie relazioni sociali.

Ad un tratto squilla il telefono, cosa che mi infastidisce molto, non ho preso il cordless e devo alzarmi. Per un istante mi passa per la testa di lasciarlo squillare, che importa sarà qualcuno che deve rompere le palle, ma potrebbero essere i miei che da fuori chiamano per sapere come sta il depresso. Mi alzo e rispondo.

E' Rap un mio amico, lo chiamiamo così perché quando parla sembra che stia reppando per davvero, pieno di rime, un pazzo. Vuole andare al centro a fare un giro e sicuramente si sarà rotto di giocare alla play e dopo parecchi no ha chiamato me.

"Ohi Rap, nada, negativo rimango a casa non ho voglia, ci si vede, rock'n roll".

Lascio a voi immaginare la sua risposta.

La scena è terrificante. Sono sul divano immobile, sigaretta tra le dita e sguardo perso verso il soffitto, e una miriade di pensieri e demoni che invadono la mia testa.

Ho passato circa tre ore in quella posizione. Il cervello ha preso il pieno comando di tutto il resto.

Il tempo è lento e denso. Sembra non scorrere mai. Ormai in me non c'è più un lamento, nulla, forma piatta. C'è un ritmo per tutto, nelle gioie e nel dolore. Ma il mio di ritmo è troppo lento, gira troppo lento.

Ci sono momenti che vorrei alzarmi e spaccare la mia faccia contro il muro, tutto il mio dolore contro il muro. Vorrei far provare per un istante a qualcuno quello che sento, quello che vivo, per vedere se regge almeno un oretta, io ci vado avanti tutti i giorni. Passa il tempo, sto crescendo senza un perché, guardo la vita degli altri immobile e intorno a me solo oscurità. Il tempo è instabile, l'inverno mi rende immobile. Solo questo so fare forse, restare immobile a guardare la vita d'altri fregandomi della mia. Mi sento come un vampiro. Mi nutro delle emozioni degli altri. Le assaggio, le assaporo tutte e poi le mando giù. Riesco a capire i problemi degli altri ma non i miei. Riesco a percepire l'essere degli altri ma non il mio, perché? Perché? Non ci riesco con me. Sono un vampiro.

2. Sensazioni

Il divano ormai mostra i segni indelebili del mio corpo, mi è venuta voglia di uscire devo nutrirmi delle emozioni di qualcuno. Come non succede spesso ho un occhio di riguardo nel vestire. Stavolta indosso una giacca scura sopra un maglione a collo alto, lego una lunga sciarpa intorno al collo ed esco. Guidare con la musica a tutto volume un po' mi rilassa, nonostante la musica. I *Pantera*!
Giro, arrivo a Trastevere. Parcheggio e comincio a camminare tra la gente che sembra non temere il freddo, osservo tutto quello che c'è da osservare. I miei occhi si posano su una coppia. Due ragazzi camminano mano nella mano e si fermano davanti ad una vetrina di una gioielleria. Lei è molto bella, bionda, il vento le passa tra i capelli formando un'onda di freschezza. Lui più alto la stringe coprendola con il suo corpo, la porta al suo petto e dopo aver indicato un anello le sorride e la bacia appassionatamente. Ho voglia di piangere, li guardo intensamente, mi sto nutrendo delle loro emozioni, ma dal mio viso scende una lacrima. Scappo via ed entro velocemente in un locale. C'è molta gente, cosa che a me da tremendamente fastidio. Mi siedo al bancone per restare un po' in disparte. Si avvicina la tipa del bar, mi guarda negli occhi.
" Serataccia? E per di più anche solo".
Niente male. Voglio stare per i fatti miei e c'è ugualmente qualcuno che si interessa di me.
"Posso avere un bicchiere di vino in mescita?", rispondo alla ragazza.
"Certo, te lo porto subito, e scusa non volevo disturbarti, è che ti ho visto così e mi è venuto spontaneo, non pensavo".
"Non importa, è ok".
Non è per niente ok, l'avrei strangolata, ma non era il caso e rispondere in quel modo era la cosa migliore.

Mi guardo in giro, un centinaio di persone saltano e muovono le mani a ritmo black, molti ragazzi, pochi grandi. Ci sono molte ragazze e parecchie decisamente carine.

"Tieni offro io. Mi faccio perdonare almeno", mi fa la ragazza del bar tornata col bicchiere di vino.

"Non devi, grazie. Non hai fatto niente di male", rispondo accennando un mezzo sorriso.

"Ed invece si, non ti ho chiesto come ti chiami!", esclama sorridendo e mostrando un paio di occhi verdi meravigliosi.

"Qualsiasi nome a te piaccia".

Che risposta di merda. Delle volte faccio di tutto per farmi mandare a quel paese. Lei ride ma nello stesso tempo rimane attonita. Arriva il proprietario del locale che le da un vassoio da portare ad un tavolo, lo prende e scompare tra la folla.

Assaggio il vino. Fa schifo, è dolce e frizzantino. Almeno per il vino ho carattere, rigorosamente secco e pastoso.

Lo lascio sul bancone, mi alzo e fuggo via.

Fuggire, forse so fare solo questo. Scappare via da tutto ciò che può farmi almeno per un attimo attivare il cervello e provare una qualsiasi emozione.

È uno stato incontrollabile. Non ne esco fuori. Mi ingloba. Mi tiene stretto a se. Comincio a farne veramente parte, ne dipendo.

Il freddo si fa sentire sempre di più. Alzo il bavero della giacca cercando di coprire quello che un nodo frettoloso della sciarpa ha lasciato scoperto. Ormai c'è poca gente, beh veramente non ce n'è mai stata tanta durante la serata in giro, ma ora la gente si conta con le dita. Una leggera ansia comincia a salire dentro di me, è un po' che non mi tormentava, almeno un paio di ore.

Mi fermo a comprare degli incensi da un ambulante, non sono il massimo, ma sono come quelli dei negozi a differenza che costano meno della metà. Uno alla vaniglia ed uno alla rosa verde, pronti per essere bruciati appena tornato a casa.

D'istinto mi giro, c'è una ragazza che corre verso di me. Metto a fuoco lo sguardo e la riconosco, è la tipa del bar.

" Hei, sei fuggito via di corsa. Tieni avevi lasciato questo", con un filo di voce ed un affanno da maratoneta mi porge tra le mani un foglietto e corre via di nuovo.

Un foglietto? A me non sembra di aver dimenticato un foglietto.

Sopra è impresso *Etnik Bar*, è il nome del locale, guardandolo bene è un tovagliolino del bancone piegato in quattro. Lo apro. C'è scritto il suo numero.

3183443322 baci Daila.

Si chiama Daila la tipa del bar. Che strano é corsa da me per darmi il numero. Non capitano spesso queste cose. Fosse capitato tempo addietro non avrei esitato a tornare nel bar e spendere tutto il budget della serata passandola con lei al bancone. Ora invece come se niente fosse, lo infilo nella tasca della giacca e faccio finta di niente. Impassibile. Freddo come il ghiaccio. Però ripenso a quando è corsa verso di me, con i capelli spettinati dal vento e la pelle rossa dal freddo. Era bellissima. Torno alla macchina, in compenso ora posso stare al caldo, da sotto il sedile prendo il porta cd e tiro fuori quello degli *Ska-P*. Era parecchio che non li ascoltavo. Da quando sono andato al concerto con Giulia. Più che altro era parecchio che non ascoltavo musica allegra e scatenata. Il cd comincia a girare, *Estampida* è la canzone. Sorrido. Forse qualcosa comincia a smuoversi. Non si sa cosa. Una serata diversa in qualcosa dalle altre.

Il vento comincia a soffiare più lieve.

3.Business

" I manifestanti si sono raggruppati sotto al palazzo municipale di Buenos Aires, c'è tensione, le autorità stanno cercando di capire il movente di questo gesto di massa".
La sveglia.
Mtv sta passando il tg flash delle nove. È un po' più difficile per me svegliarmi. Odio le sveglie, così metto il timer alla tele sul canale musicale per svegliarmi almeno con un po' di musica. Ma in quel momento le notizie hanno un po' di difficoltà ad interrompere il mio sonno.
Tornano i video e i *Muse* fanno si che io apra gli occhi.
Ho mal di testa, d'altronde come al solito ogni mattina.
Spengo la tele e mi appresto ad andare sotto la doccia, l'acqua calda del mattino mi rilassa e mi da sollievo. Faccio una frizione ai capelli, sono un po' secchi. E mentre li asciugo metto su un cd dei Subsonica. Anche loro era da tanto che non rientravano nel mio repertorio musicale.
Strade comincia ad echeggiare nella stanza. Quanti ricordi quel pezzo. Che periodi.
Sale un'innata malinconia dentro di me, forse è meglio che mi appresti a vestirmi ed esca più in fretta possibile.
Stranamente durante la mattina ho qualcosa da fare, oltre a passare in edicola per prendere un nuovo dvd di *Buffy*, ho un colloquio per un nuovo lavoro.
Non è molto lontano da casa mia.
Arrivato sotto al portone noto una scritta impressa su una lamina d'ottone.
Multimedia software S.p.A.
E' la società che cerco.
Entrato, ad accogliermi c'è una segretaria piuttosto buffa. Alta poco più di un metro e mezzo, porta degli occhialoni alla Mondaini e ha una voce stridula da

37

far saltare i nervi. Per fortuna il direttore è pronto ad accogliermi per conoscermi.

Uno studio come quello dei film, pittoreschi affreschi sui muri ed una poltrona enorme di pelle dietro una scrivania di marmo decorato, un acquario contenente una grossa varietà di pesci marini e lui seduto di fronte a me con un cubano tra le labbra.

Io odio il sigaro.

"Salve, come va? Ho ricevuto il suo curriculum vitae e l'ho fatta chiamare dalla segretaria", si rivolge a me con un aria colorita quanto le sue dita che reggono il sigaro.

"Bene, grazie. A parte il traffico".

Rispondo con una faccia un po' smorfiosa per via del sigaro. Lo sto odiando.

Lui si accorge del mio disgusto per quella stecca di tabacco, ma fuma con più ardore emanando una grossa nube proprio verso di me. I miei nervi cominciano a saltare. Lo stomaco si chiude. Sono nervoso.

Venti minuti a raccontarmi delle sue imprese eroiche da uomo d'affari in giro per il mondo per propormi un posto da agente per i suoi prodotti informatici.

"Mi dispiace ma il rappresentante non è un lavoro per me, la ringrazio per l'offerta e il tempo che mi ha dedicato".

Voglio andare via.

Alla mia risposta lui non batte ciglio si alza mi porge la mano augurandomi una buona giornata sputandomi in faccia un ultima boccata di quel sigaro.

Fuggo via il più veloce possibile. Fuggo sempre, ma almeno stavolta ho un motivo, o avrei avuto un morto sulla coscienza.

Altro colloquio, altra fregatura, ormai è il mio motto.

Non ci faccio neanche più caso. Per sei anni ho fatto un lavoro in cui ora non mi riconosco più e lotto per trovarne uno che vada bene per me. Comincio ad avere forti dubbi se esista.

In compenso pranzo con i miei, logicamente tenendoli all'oscuro sul colloquio appena sostenuto per non cadere in una terribile discussione su quale sia il mio destino lavorativo.

Almeno però mi consola il fatto che potrò mangiare qualcosa in più visto che da solo l'ansia e il mal di stomaco mi sovrastano e non mangio mai quasi niente. Con loro mi sento più sicuro, come se metti caso mi succedesse qualcosa ci sarebbero loro a salvarmi.

Paure, paure che ormai sono dentro di me, demoni con cui devo lottare tutti i giorni.

4. Tisana radiofonica

Il profumo del tiglio mi stuzzica le narici, gioco con due biscottini alla glassa in attesa che la tisana si possa bere. In questo periodo ho preso gusto nel bere tisane rilassanti. Le ho sempre odiate, dovevo addirittura litigare con mia madre per bere una camomilla.

C'è una bellissima musica, anche se è triste e profonda è meravigliosa, il proprietario del locale chissà dove ha pescato questo brano, a vederlo sembra uno di quei patiti di Hendrix e company, ma strano ha scelto questo pezzo che in pochi compreso me conoscono. E mentre vengo assorbito da quella splendida melodia comincio a bere la mia tisana al tiglio e mi rilasso delicatamente.

"Che palle sta musica, e metti un po' di Rockettona".

Francesco.

Beh non sono solo, c'è anche lui con me a farmi compagnia e si è fatto trascinare in questo locale. E pensare che se non avesse rimediato un tè corretto con una grossa quantità di rum non so in che stato d'animo sarebbe ora. Lui odia le tisane, ma qui vendono solo queste, per fortuna il menu comprendeva un te al rum e lui ne ha approfittato, tacendo fino a quando la musica non gli ha proprio fatto girare i nervi o qualcos'altro.

"Dai andiamo via, la tisana l'hai bevuta, i nervi li hai rilassati, la tua musica da depresso l'hai sentita, ora andiamo via però", mi fa con l'aria di uno che proprio sta per sbottare dalla noia.

"E dove andiamo?".

"Semplice. Sesso, alcol ed elettronica", e poi sbotta a ridere.

"Guarda che veramente era sesso droga e rock n'roll".

"Ho capito ma né io né te usiamo droga e dove dico io c'è musica elettronica".

"E il sesso?".

"Tranquillo bello, pullula di femmine!".

Non so come e cosa mi abbia spinto a farmi convincere da quella sottospecie di lupo famelico arrapato, tanto lo so comincia a ballare si beve venti rum e pera e devo tenergli la fronte che deve tirar fuori l'anima.
Certo però l'ultima volta che ho interagito, si fa per dire, con una donna, era la maratoneta del bar, non mi farebbe male un po' di contatto con il genere femminile.

Questa serata destinata alla solitudine e alla depressione a casa, poi corretta da uno spudorato obbligo con un fucile puntato ad uscire ma a patto che la scelta del locale era mia, ora si è capovolta totalmente.
"*Dieci euro con la consumazione*".
Ci fa un tipo grosso quanto la porta all'ingresso del locale.
Paga Francesco, per rifarsi che io avevo offerto al locale precedente, e neanche entrati, perso un attimo lo sguardo nel vedere il locale, lui è già appostato al bancone chiedendo due rum e pera.
Ho cominciato ad odiarlo quello shot.
Prima ne riuscivo a bere a fiumi, ora l'odore come gran parte dell'alcool mi agita i succhi gastrici.
Piuttosto che sentirlo tutta la sera mando giù di colpo il rum sperando che la pera poi possa darmi un sollievo.
Niente da fare, sembra alcolica anche la pera.
Sta per cominciare la serata.
A parte tutto questo sono sempre depresso e instabile cosi non mi butto nelle danze più sfrenate, e dopo un'ora devo alzarmi per forza, lo sgabello è scomodo e mi cominciano a far male i glutei.
Intanto il Francesco è a quota sette rum e pera e sta vaneggiando per la sala incassando a tempi di record picche da tutte le ragazze presenti, che tipo però.

"Non ci posso credere! Guarda chi c'è!".
Mi giro. E' un amico che non vedo da circa un paio d'anni e che suonava con me quando facevo parte di un gruppetto strampalato di fan sfegatati per i subsonica. Se ricordo bene si chiama Massimo, si, faccio mente locale, è lui, Max.
"Max, come va? Il richiamo dell'elettronica ha colpito anche te?".
"Già".

Due chiacchiere davanti ad un bicchiere di vino in segno dei vecchi tempi. Non male, piacevoli ricordi.

"Senti bello, io e due amici stiamo tirando su una radio, passa da noi in settimana che se ti va sali a bordo".

Una radio. Wow! Fighissima la radio. Non ci penso un attimo e acconsento alla sua proposta.

"Allora passa mercoledì prossimo alle nove, siamo in via Montello 44, una traversa dell'Appia".

Conosco la via.

Ci scambiamo il numero e va via.

Che spettacolo, e chi se lo immaginava. Certo bisognerà vedere che cosa sia questa radio e in che condizioni sia, tanto vale non montarmi la testa.

Con un sorrisetto sulle labbra mi giro e comincia a salirmi un forte dubbio: Francesco!

Dopo aver girato tutto il locale lo trovo di fuori seduto su un muretto con le lacrime agli occhi per aver rigettato tutto il suo stomaco.

È a pezzi, ma si sapeva che andava a finire così, forse sarebbe meglio portarlo a casa. Il vento soffia più lieve.

5. Morfeo biricchino

I passi di quattro zampette paffutelle echeggiano per la stanza.
Il digrignare dei denti comincia a diventare straziante.
Lo guardo. lui è immobile fermo in mezzo alla stanza.
Mi fissa..
Gli occhi sono terribilmente rossi.
E' un coniglio.
Addosso ha uno minuscolo smoking e un papillon enorme dorato.
Si avvicina.
Mi chiede se voglio del latte o del caffè.
Io comincio ad urlare.
"No! Il caffè non mi piace!".
Ma lui non esita e mi porge una tazzina di caffè.
Mi sveglio...
Sono tutto sudato.
Mi pulsano velocemente i palmi delle mani, respiro in modo affannato.
La vista si appanna, realizzo.
Il solito sogno che da qualche notte mi accompagna rendendo infelici sempre
di più i miei sonni.
Ma che vorrà mai dire. Un coniglio che mi da del caffè.
E poi perché io urlo che odio il caffè, a me piace da morire...

6. Fuori in sessanta minuti

Non ho mai capito perché li chiamano involtini primavera.
In finale sono dei bastoncini fritti con un ripieno di verdure.
Mi chiudo un istante in questo dilemma, ma solo per un attimo, giusto il tempo di prendere la salsa agrodolce per condire il bambù che mi da sempre l'idea che mi stia mangiando una sedia...
Il cibo cinese.
Nato come alternativa del *McDonald's* quando non hai voglia di cucinare . Dovrebbero fare i fast food di cinese. Ho poco tempo e devo assolutamente consumare un pasto. A pranzo ero troppo nervoso per ingerire qualcosa di solido. Devo andare in radio, quindi mi sbrigo a mandare giù l'ultimo boccone di un pollo alle mandorle che alla vista assomiglia di più ad una scatola di cibo per cani. Pensando sempre che sia pollo poi...
Come al solito rimane tutto sullo stomaco in modo di rovinarmi un paio di ore in compagnia di una lenta digestione. Mi aveva detto alle nove, sono le nove e dodici e ancora devo lavarmi i denti.
Non ho niente da fare durante il giorno e pure riesco a fare tardi.
Per fortuna l'Appia di sera diventa percorribile usando tutte le marce, visto che il giorno ci si diverte con prima,seconda,frizione,prima,seconda,frizione.
Una signora dai capelli elettrici si aggiusta il rimmel in un Slk nero ferma al semaforo, poi si gira verso di me fermo accanto a lei in attesa del verde e mi guarda con un aria di chi ha capito come va la vita. mah contenta lei.
scatta il verde e scompare nella notte con la sua auto fiammeggiante.
La mia radio passa le sette migliori, io odio le sette migliori e non so come sia finito su quella stazione, allungo la mano per cambiare stazione e di consueto mi cade la cenere della sigaretta sul sedile. Di solito non è una cosa pericolosa se tra la cenere non sia presente un tizzone incandescente che potrebbe fare della tappezzeria della mia auto un momento di pieno sfogo con linguaggio

43

assolutamente volgare. Tanto vale sacrificare le mie dita nel tentativo di spingere sul tappetino quel meteorite infuocato ma, una Micra lascia armoniosamente attraversare due ragazzi felicemente sbronzi appena usciti dal locale di fronte, risultato: urla ed offese sul mio conto dal malcapitato appena tamponato. Ma non potevo aver smesso di fumare.

In questi casi occorre sempre fare:

bisogna ristabilire la quiete, cosa non facile perché da qualche tempo sono un po' troppo nervoso.

Oppure controllare gli eventuali danni recati ad entrambe le auto senza inneggiare tutti i santi del calendario.

Ed infine porsi la domanda se nel cruscotto c'è il modulo per la contestazione amichevole.

Che serata!

Un tipo sui cinquanta vestito come se avesse nostalgia degli anni settanta mi guarda congiungendo le mani come per dirmi *"Dove hai la testa"*.

A me da una parte mi viene da ridere perché queste cose capitano nelle serate che nemmeno te l'aspetti, intanto l'orologio segna le nove e trentasette.

"Io capisco che voi ragazzi andate sempre di fretta perchè queste ragazze vi fanno sempre far tardi, però almeno un po' di coscienza".

Le ragazze mi fanno far tardi? Devo mantenere la calma è per il mio bene.

Nessuno dei due ha il Cid e di conseguenza si opta per lo scambio dei numeri in attesa che l'auto venga visitata dal carrozziere, targhe e documenti e forse sarebbe ora di andare via al più presto sia perché la radio comincia a diventare un ipotesi che si allontana, sia per la mia salute.

Saluto il malcapitato e risalgo in macchina schizzando via..

Sono stato calmo, non ci credo. Ho mantenuto la calma senza dire una parola. Faccio un accenno di sorriso, subito distolto a causa dell'immediato pensiero al faro di meno e al parafanghi ormai diventato tigrato.

Via Montello, deve essere la prossima a sinistra.

Metto la freccia e mi fermo subito appena entrato nella strada per cercare il nome della via affisso su chissà quale parte di un muro ormai straziato da un writer parecchio romantico.

Sopra *"Cicciotto vive"* una scritta che inneggia la vita di forse un uomo in carne, c'è la targa.

Via Montello. Il 44 è proprio li vicino, è un ingresso di uno stabile.

Perni, Sortamini, Stivala, Recchiuti, Radio Kream. Eccola.

Dopo aver suonato passano alcuni istanti senza nessuna risposta.

Comincio ad aver l'idea che abbiano rinunciato alla mia presenza, ma chi può biasimarli sono le dieci e cinque minuti, però calcolando che il cinese ancora mi urla in cantonese nello stomaco e che ho dovuto rimediare ad un incidente stradale con una specie d'incrocio tra Mick Jagger e Tomas Milian, non ho poi fatto così tardi.

"Chi è?".
Allora c'è qualcuno, chissà come la prenderanno. Tentar non nuoce lo dice sempre mia madre.
"Che c'è Max? Sono il suo amico che doveva venire alle nove".
Bravo stai anche a sottolinearlo che dovevi venire alle nove, così quando mi aprono mi fanno la festa.
L'ascensore e di quelli degli anni sessanta, quelli che quando ci entri hanno l'odore delle case delle signore anziane, un profumo tra soffritto, acqua di colonia e ammorbidente.
Odio quegli ascensori, mi includono terrore, ho sempre paura che si blocchi e rimanga chiuso. Mi comincia a venire l'ansia, nello stomaco è cominciato un combattimento tra Bruce Lee e Jackie Chan. Tra tutte le palazzine della via io sono in quella di dieci piani. Poi mi comincia a sorgere un dubbio: ma il piano me l'hanno detto?
Tornare fuori e citofonare di nuovo significherebbe una rissa. Allora opto per andare a piedi cercando dove sia, è una radio non può essere in un appartamento al decimo piano!
Mentre mi avvio verso la rampa delle scale noto che c'è un corridoio che dovrebbe portare da qualche parte, tanto vale cominciare da lì.
Non tutto va sempre storto.
Appena dopo la bacheca con le annotazione per il condominio c'è la porta con la scritta Radio Kream.
Ce l'ho fatta, l'orologio segna le dieci e undici.
Colpa del cinese, se avessi preso una pizza avrei fatto prima, non mi sarebbe rimasta sullo stomaco e avrei avuto ancora l'auto intera.

7. Odori emozionali

Una cosa strana che mi capita è quella di ricondurre delle sensazioni, degli eventi a dei profumi, degli odori. Spesso mi capita l'estate, il profumo che c'è alle tre di pomeriggio mi fa ricordare a quando ero più piccolo e mi facevo venire il mal di pancia bevendo fiumi di the freddo che mia madre preparava in una brocca color arancio.

Ancora oggi quando apro la credenza, vedo quella brocca e cominciano a venirmi i ricordi sorridendo.

Oppure proprio l'altro giorno ho sentito il profumo di un bagnoschiuma che ho usato quando ero a Barcellona, e giù.. un tuffo nel passato.

Gli odori, i profumi sono una cosa preziosissima di cui vivo tutti i giorni.

L'aroma dell'ammorbidente dei jeans appena lavati da mamma, oppure l'odore di neve, qualcuno direbbe la neve non ha odore, no, per me ce l'ha. L'odore della legna che scoppietta sulla brace l'estate quando facciamo il barbecue con gli amici. L'odore del giornale appena stampato, del caffè al mattino, della macchina nuova, dei sedili e della plastica dell'aereo che ti sta portando in vacanza. Del brodo della mamma quando stai male. Dei capelli della ragazza a cui hai dato il primo bacio. L'odore dell'estate e quello dell'autunno. È tutto un odore. Io sono un tipo che vive di emozioni, in questo momento prevalentemente mi nutro di quelle degli altri, ma non nascondo di provarne anch'io e non ne posso fare a meno.

Il sesto senso dell'essere umano: l'emozione.

Unica vera droga naturale di cui si vorrebbe sempre raggiungere l'overdose.

8. Vampiri

È calato il sole, e come un vampiro voglioso del suo nutrimento, devo avere emozioni. Non è facile per me.

Vorrei provarle piuttosto che rubarle. Sarebbe ora che ricominciassi a vivermi come ho sempre fatto.

Nel frattempo sono tornato al lavoro e sono giorni che vedo una ragazza.

È molto carina, due occhi in cui perdersi e due labbra da baciare. A volte mi capita di fissarla con il rischio che lei se ne accorga, ho paura, timore di dirle qualcosa o fare un passo che poi si rivelasse un fallimento. Non sopporterei l'idea di non avercela fatta.

Non voglio continuare a sentirmi solo, vorrei qualcuno a cui affidare le mie emozioni che ho dentro e non riesco a tirar fuori. Lei riesce a distrarmi, mi fa avere timore, mi fa sudare, mi fa preoccupare, a volte mi rende addirittura geloso, la desidero, vorrei stringerla a me, sentire il suo odore.

Ma, neanche la conosco..

Sono un pazzo, e se poi metti caso la conoscessi o ci uscissi una sera, e lei non è ciò che mi aspettavo? Se una volta rotto il ghiaccio non ho più le sensazioni che avevo prima di conoscerla? Sarebbe un delirio, perché come al mio solito ne sarei già dentro e comincerebbe una guerra per uscirne fuori.

Ma se invece continuassi a provare le stesse emozioni?

Quindi il cerchio si restringe:

Paura di tentare, paura che non sia come vorrei e naturalmente la paura che rinunciando, perderei qualcosa di molto bello.

Beh, sono un frustrato delirante ascendente idiota.

Non sono in grado di decidere neanche se mangiare carne o pesce.

Sono patetico.

L'altra giorno era li vicino a me.

Seduta sulla panchina che girava delicatamente il caffè.

Ogni tanto la guardo, ma lo faccio talmente in maniera veloce per paura che possa notare qualcosa.

È sola. Si porta alla bocca una sigaretta.

Le sue labbra sono talmente belle, preziose, tanto che la sigaretta dovrebbe chiedergli il permesso per toccarle.

Quando fa la prima tirata, gli si forma una leggera pieghetta sulla guancia destra. Buffa. Ma molto dolce.

Il fumo sembra uscire con tristezza dalla sua bocca, vorrebbe restare in quel paradiso, innamorato anche lui. Ma poi come armonioso scivola via come se danzasse dalle sue labbra.

Quant'è bella.

Oggi è vestita con un paio di jeans chiari che risaltano le sue conformità.

Un giubbetto verde militare.

Un po' largo. Tanto da farti immaginare quello che c'è sotto.

Bella. Veramente bella.

Scuote i suoi capelli che si lasciano accarezzare dolcemente da una leggera tramontana.

Quando ti piace una persona, in pochi istanti riesci ad imparare a memoria tutto di lei.

La osservi a fondo.

Centimetro per centimetro.

Con il cuore che ti palpita.

Per l'ufficio continua ad essere pensierosa.

Dalla mia scrivania la osservo. Con impegno.

Nella mia testa scorrono le presentazioni ed il cast.

Comincio il mio film sulla nostra storia.

Io e lei.

Siamo in spiaggia. Sdraiati al sole. E poi siamo nell'acqua, ci abbracciamo e ci baciamo.

Stretti forte l'uno nell'altro.

Delle piccole onde ci sommergono.

I nostri occhi cominciano a farsi rossi per colpa del sale.

Ma non ci stacchiamo.

Continuiamo a baciarci.

Le onde si muovono velocemente. Sono potenti.

Ma su di noi si infrangono dolcemente. Quasi a sfiorarci.

Ridiamo divertiti mentre corriamo sul bagnasciuga.

E ci prendiamo, corriamo e poi ci riprendiamo, cadendo a terra.

Ci rotoliamo.

Freschi di passione ed emozioni. La sabbia sembra quasi un velo di seta.
Fino a fermarci, con i nostri visi uno fronte all'altro.
E bacio.
Bacio, bacio, bacio,bacio.
Riapro gli occhi.
E sempre ferma nella sua scrivania. Sembra riflettere.
Accenno un leggero sorriso.
La guardo.
E' lì.
Ad un tratto si gira verso di me.
I nostri occhi si incrociano.
Sembrano parlarsi.
I miei si perdono in quel blu cobalto.
Il cuore sale.
Mi si irrigidiscono le mani.
Poi cominciano a sudare.
E poi di nuovo rigide.
E poi di nuovo umide.
Mi sorride.
Rewind. Il film torna indietro nella testa e comincia di nuovo. Più intenso.
Più di passione. Più avvincente. Più True love.
Adesso mi alzo vado lei e gli dico tutto.
Che la voglio, che mi fa impazzire.
Poi si gira. Come se l'avessero chiamata.
Ehi principessa torna a guardarmi.
Sono io. Non ti distrarre. L'uomo della tua vita. Il tuo vero amore.
La tua parte mancante. L'altra metà della mela.
Una ragazza con un camice le si avvicina.
Mi sembra di averla vista altre volte.
Metto a fuoco.
Mi ricordo. È la tipa che lavora all'oreficeria di sotto.
Le porge un pacchetto e le dice qualcosa.
Mi alzo leggermente con il sedere dalla sedia per cercare di riuscire a sentire
qualcosa del loro discorso.
Sembra come se avessi puntato le antenne.
Le mie orecchie fanno come da parabole.
"Ecco, come nuova, lucida, brillante e importante come sempre".
Alle parole della tipa lei sorride, un sorriso deciso. Un sorriso importante.
Non riesco a capire.

49

Apre il pacchetto.

C'è una scatolina.

Dentro c'è il pegno, il giuramento, il dono di un amore.

Una fede.

Lei la porta al suo anulare.

Spero che sia l'altra. Per niente. È la sinistra.

È fiera di indossarla di nuovo. Deve averla fatta pulire o qualcos'altro.

Il mio cuore rallenta.

Il mio sorriso scompare.

Le mani sono fredde.

Nella testa scorrono i titoli di coda.

È l'ultima volta che vedo questo film.

9. Sapori d'oriente

"Uff, quale metto?".
Sono seduto sullo sgabello in cucina, ho appena aperto una birra.
Ed ho un dubbio enorme: *Linkin Park* o *King Prawn?*
Non riesco neanche a decidere un cd. Pazzesco.
La scelta di un cd per il momento che vuoi vivere, è come la colonna sonora che il regista sceglie insieme al responsabile delle musiche durante il montaggio del film della sua vita.
E tu sei sempre il regista.
Devi scegliere la colonna sonora più adatta.
Quella che ti permetterà di rendere tutto fantastico, come volevi.
Quella che ti darà l'oscar.
Stavolta è in tema culinario. O almeno che sia la Clerici a consigliarmi, devo essere di polso.
Devo cucinare, stranamente questa sera non ho voglia di uscire ed andare a prendere qualcosa da mangiare.
Prima mentre giravo per la casa come sempre senza saper cosa fare esattamente, nella libreria ho intravisto un libro di cucina orientale. Ho cominciato a sfogliarlo e di conseguenza mi è venuto in mente di cucinare cinese.
"Bocconcini di pollo glassati in salsa di verdure". Il nome in cantonese non sto a dirvelo perché sembrerebbe una scritta come quando nei fumetti, nella nuvoletta dicono tante parolacce.
Chissà che mi è venuto in mente. Ci provo.
Leggo attentamente la ricetta, ho scelto i bocconcini proprio perché ho tutti gli ingredienti necessari per cucinarli.

51

Intanto la colonna sonora è pronta! Linkin Park.

One Step Closet, dall'album *Hybrid Theory*.

Veramente tosto.

Allora, tagliare il pollo a bocconcini grandi come noci.

Dopo aver tagliato il pollo ho fatto la salsa alle verdure che avevo grigliato sulla piastra.

Poi ho fatto la glassa con lo zucchero di canna con cui ho spennellato il pollo messo su degli spiedini. Ed ora, in forno.

Sono felice. Sto cucinando un piatto orientale.

Magari un giorno chissà aprirò un ristorante etnico, non si può mai sapere.

Dopo aver fumato qualche sigaretta davanti al vetro del forno per vedere se il tutto cuocesse regolarmente, divento estremamente felice, è quasi pronto.

Troppo felice.

Che profumo. Sono un dio. Signori e signore ecco a voi il più grande chef del mondo che stasera per voi cucinerà un piatto sensazionale. E giù applausi all'infinito.

Mi vedo li che alzo la coppa dopo aver battuto a colpi ci cucina il grande *Vissani.*

Il più forte.

L'aspetto è fantastico, questi bocconcini ricoperti di glassa con zucchero e miele, resi croccanti dalla cottura e ricoperti da una salsa verde smeraldo di verdure grigliate finemente, sono fantastici.

Uno spettacolo.

E' ora di assaggiare l'opera d'arte.

Accendo una candela, ho appena stappato un'ottima bottiglia di Santa Cristina e ora, a me la carne.

Il coltello fa un po' fatica a tagliare per via della glassa che ha reso croccante il pollo.

Lo taglio, con il coltello spalmo sopra della salsa di verdure e faccio scivolare il tutto nella bocca, a noi due delizia culinaria.

La mastico lentamente per sentirne tutto il sapore.

Che sapore.

06787890

"Hello pizza buonasera come posso aiutarla?".

"Una margherita e due supplì".

Fanculo la cucina orientale!

10. One night show

La sera.

A volte diventa veramente angosciante.

Arriva, si porta via i rumori e ti lascia un cumulo di silenzi e pensieri.

E poi il tempo.

Inesorabile com'è.

Lento da impazzire facendo sembrare momenti più lunghi di quanto sia possibile e capace di non farti accorgere di aver appena vissuto una giornata.

C'è chi dice: il tempo è la migliore cura, viene e porta via tutti i dolori. Beh penso che chi abbia inventato questa cosa di dolori forse non è che ne abbia provati così tanti.

Vada per la rottura di un amicizia, per un litigio e per un amore finito, ma per tante altre cose...

Il tempo, capace di farti innervosire perché non riesci a stargli dietro e arrivi in ritardo ad un appuntamento, oppure, dio da venerare pregandolo che non passi mai perché stai vivendo un momento fantastico.

Bisognerebbe riuscire a controllarlo, ma forse poi nulla sarebbe più uguale.

Tante volte sono stato a ragionare su come ingannare il tempo.

Mettevo l'orologio dieci minuti avanti così non arrivavo in ritardo, ma arrivavo prima e di conseguenza dovevo aspettare, lasciandolo che passasse investito di noia. Non c'è modo di ingannare il tempo.

Fuori fa freddo.

Il vento passa frenetico tra gli alberi creando rumori che ti penetrano nella testa.

Il silenzio dentro casa si rende sempre più inesorabile in quei momenti che forse vorresti vivere di chiasso.

Ti mancano i clacson, le frenate delle auto, le urla dei bambini che sono appena usciti dalla lunga a scuola. La tele accesa che passa il tg, il telefono che può squillare e tenerti compagnia per qualche istante, anche se è semplicemente qualcuno che ha sbagliato numero.

Arrivi a sentirti solo come non lo sei mai stato, quando fuori c'è una città che respira il profumo della notte ma che forse non ti ha invitato ad annusarlo insieme a lei.

Questa è la notte.

Sembra non finire mai. A volte ti chiedi se sia più lunga del giorno.

E pensare che chi vive a Capo Nord la notte ce l'ha davvero più lunga del giorno.

Ma prima non era così.

La notte l'adoravo.

Simbolo di vita, festa, divertimento, trasgressione e tanto altro.

Ora solo buio.

Ricomincio ad avere i soliti pensieri che mi affliggono.

Perché?

Cos'è che mi serve per poter dire basta.

E poi basta a cosa?

Penso che dovrei noleggiare il mio cervello.

C'è gente che si sconvolge con le droghe più assurde e sintetiche.

Beh, venti euro e ti presto il mio cervello per una sera intera facendoti fare un viaggio veramente spaziale.

"Non sai che fare? Vuoi sconvolgere i tuoi sensi in tutto e per tutto? Noleggia un cervello per questa sera, non te ne pentirai! Ogni cinque noleggi, uno in omaggio".

Ho bisogno di andare in analisi!

11. Quotidiani

E' lunedì.
Come da programma escono dei nuovi dvd delle mia serie preferita che continua a risolvermi tanti di quei momenti di delirio. Ogni uscita due dischi con otto puntate in tutto.
Io li compro il lunedì, il martedì gia li ho visti tutti.
Risultato: comincio a fremere ed innervosirmi perché devo attendere sei giorni per prenderne dei nuovi.
Vado sempre da Riccardo un signore che conosco ormai da vent'anni.
Da quando andavo a comprare le busta a sorpresa con mio padre, che poi, di sorpresa non c'era nulla ma, a me piacevano perché mi mettevano tanta di quella curiosità nell'averle e correre a casa per scartarle.
Quel piccolo chiosco che vende giornali ormai è aperto da trent'anni, e tutte le volte che vedo Riccardo penso a che vita abbia fatto dalle cinque del mattino alle sette di sera a vendere riviste e quotidiani.
Il giornalaio, mi ha sempre affascinato. Sia perché era una tappa fissa giornaliera per l'acquisto di fumetti, figurine e riviste di musica con degli inserti, sia perché ho sempre avuto voglia almeno per un giorno di provare a fare quel lavoro.
Così mentre pago i dvd e Riccardo mi assale di domande su come stanno i miei, glielo chiedo.
"Ti dispiace se per una mattina ti faccio compagnia qui al chiosco, sai è per una soddisfazione personale, voglio dire che almeno per una mattina ho fatto il giornalaio".
"Che ti è successo stamattina signorino?".
"Il mestiere di un giornalaio è duro".
"Non lo metto in dubbio, ma a me piacerebbe provare".
Non smette di guardarmi incuriosito. Forse con questa mia uscita, passerà una mattinata diversa, dalla solita routine.

Stare li al mattino presto con l'odore della stampa appena fatta, vedere tutte le facce delle persone che si sono appena svegliate e che stanno per tuffarsi in un nuovo giorno, vedere cosa leggono, che gusti hanno, come la pensano, se sono di destra o di sinistra, se sono fedeli oppure no, cultori o perversi, intellettuali o semplicemente tifosi.

Voglio farlo.

"D'accordo! Vieni domattina alle cinque, mi raccomando non far tardi".

Alle cinque? Oh mio dio. Devo alzarmi alle quattro e mezza.

Però ragiono un attimo. Ne vale la pena. Devo farlo.

"Ok vengo domani alle cinque".

Domattina ho qualcosa di bello da fare.

In compenso quell'attimo di gioia viene spezzato al pensiero del motivo della mattinata in corso: l'ennesimo colloquio!

Non distante da casa, ed è un pregio.

Ambiente dinamico, ed è un pregio.

Flessibilità negli orari, ed è un pregio.

Fosse la volta buona.

Non da cosa sia indotta la voglia di cercare un nuovo lavoro.

Forse per cambiare aria.

Vedere nuova gente, fare nuove esperienze.

Non c'è neanche troppa fretta però. La società per cui lavoravo mi ha trattato bene, una buona liquidazione è stato il loro premio.

Anche se penso sia stato più una spinta ad andarmene visto che da li a poco penso lo avrebbero fatto loro per i miei scarsi risultati.

Intanto sono sotto al portone di questo mio ipotetico nuovo lavoro.

Solito studio del magnate capitalista che a tutti i costi deve finire di racimolare qualche milione di euro per capovolgere le sue aspettative in borsa.

Solito lavoro da agente o rappresentante come dir si voglia.

Solita schizzata alla velocità della luce fuori da quell'incubo.

Mi sembrava strano.

Aspetterò.

D'altronde nessuno mi corre dietro. Poi ripenso alla liquidazione.

Aspetto.

Notte rock!

La tele appena accesa con il timer al canale musicale, sta ancora passando la rassegna rock della notte. Sono le quattro e venti.

Gli *Iron Maiden* stanno cantando un pezzo dell'album *Killer*.

Io mi sveglio di soprassalto.

Un musica non molto tenera per un dolce Wake up!

Non riesco a connettere nulla, quella musica mi entra nella testa come fosse un pugnale.

Poi realizzo. Devo andare a fare il giornalaio.

Spengo subito la tele che mi sta ossessionando e vado in bagno per riprendere i sensi con un getto di acqua tiepida.

Ma come si deve vestire un giornalaio?

Ma tu guarda che idiota che sono. Come vuoi che si vesta, normale.

Metto su un maglione a collo alto, fuori fa freddo.

Il caffè sta uscendo dalla moka inebriando la cucina con il suo meraviglioso aroma.

Mi scotto la lingua. Come al solito.

Mi dimentico sempre. La mia lingua ha dei nemici impetuosi nel ramo alimentare.

Il caffè, il brodo e i sofficini.

E su di loro come al solito mi viene in mente un terribile ricordo.

Era una giornata d'estate. Con i miei dovevamo partire per il mare. All'epoca avevamo una casa a Nettuno, dove passavamo le vacanze estive prima che io crescessi annoiandomi del posto.

Non dispiacque poi molto ai miei.

La vendita risultò un buon ricavo poi investito su una villetta al Circeo. Opera di mia madre.

Comunque ero li che aspettavo a casa con la mamma che il babbo tornasse dal lavoro. Il suo ultimo giorno prime delle ferie.

Trenta giorni tondi tondi.

Fatte le valige e sistemato tutto l'occorrente, mia madre nell'attesa mi preparò i sofficini per merenda.

Buoni. Un impasto fritto contenente un delizioso ripieno di pomodoro e mozzarella. Fantastici.

Un impasto fritto dicevamo, quindi l'olio bollente oltre che a friggere l'esterno porta anche a temperature incredibilmente elevate il ripieno. Roba da fondere il metallo.

Così io, ignaro di tutto quello strano fenomeno calorifero, appena tolti dalla padella, decisi di dargli la mia benedizione.

57

D'altronde avevo sette anni, che ne potevo sapere.

Il tovagliolo molto spesso fece da complice, ingannando i miei polpastrelli sulla futura tragedia.

Lo addentai.

Ad un tratto quel ripieno che in quel momento toccava suppergiù i cento gradi, abbracciò violentemente la mia lingua costringendomi in un assoluto ed improvvisato acuto da mezzo soprano.

Sputai tutto in fretta il contenuto della mia bocca sul golfino di mamma bianco poggiato sullo sgabello in cucina.

Iniziai a piangere fortemente, accecato dal dolore che provavo alla lingua, rimasta a sua volta a penzolare tra le labbra. Ma la beffa era nell'aria. Il sofficino, voltagabbana com'era, tenuto ancora con forza dalle mie mani, lasciò scivolare dalla parte inferiore, ancora quel micidiale ripieno, che finì direttamente sul mio avambraccio e sul ginocchio.

Mia madre sentendo le urla entrò di corsa in cucina impaurita.

Vide l'inverosimile.

Io che saltellavo sul piede sinistro mentre il ginocchio destro lo tenevo alzato dal bruciore, il braccio destro che sbatteva più veloce di un'anatra pechinese urlando con la lingua a penzoloni tra lebbra, il tutto sotto gli occhi di mia madre e la sua amara scoperta. Il golfino bianco.

Scuoto la testa ed mi viene quasi da ridere ripensando ai sofficini. Ma è ora di andare.

Fuori è ancora buio. Sono appena le cinque meno dieci minuti.

Il rumore di un diesel parecchio infreddolito che cerca di riscaldarsi è l'unico suono che echeggia per la strada, perfino gli uccelli ancora stanno dormendo.

Accendo una sigaretta, tanto per farmi compagnia durante il cammino verso il chiosco.

È talmente vicino che arrivato ci sono ancora un paio di tirate da fare alla prima bionda della giornata.

"Ehilà, ma come siamo puntuali, io pensavo che scherzassi e di conseguenza non ti aspettavo, ma visto che sei qui, innanzitutto buongiorno e buon lavoro!".

Riccardo è sempre sorridente. Si deve essere svegliato da poco, fa molto freddo, ha davanti a se un'intera giornata di lavoro, ma come cavolo fa ad essere così sorridente?

"Te l'avevo promesso, è un esperienza che non voglio perdere".

"Vieni giovanotto, avvicinati. Questa è la prima stampa della mattina, il primo pacco da aprire. È arrivato un istante fa. Quando con il taglierino vai a tagliare i nastri di plastica che bloccano i giornali, ne porti uno vicino al viso, lo annusi sentendone tutto il profumo della stampa e lo metti in bella vista lì sul banchetto. Poi aspetti il primo cliente, e se acquisterà quella copia, vuol dire che la tua sarà una giornata meravigliosa".

Sembra una fiaba di quelle che le nonne raccontano ai nipotini quando è l'ora della merenda.

In questo momento in Riccardo vedo un narratore, un qualcosa da seguire in un percorso a me sconosciuto.

Non smette un istante di parlare con una senza filtro tra le labbra. Le senza filtro, ma ancora le vendono? E più che altro c'è ancora chi le fuma.

"Tieni. A te l'onore!".

Mi porge tra le mani il suo taglierino che porta sempre nel taschino della giacca.

"Oggi lo farai te, così vedrai se sei fortunato!".

Incredibile. Con la sfiga che ho adesso sarei capace di non far venire nessun cliente mandando a tracollo i guadagni di Riccardo.

Tiro fuori la mano infreddolita dai jeans e afferro quel taglierino che spero mi porti veramente fortuna.

Mi sembra come se dovessi fare il taglio della torta nunziale. Oppure inaugurare un maxi centro commerciale con tanto di taglio del nastro rosso con un paio di forbici.

Ma niente di tutto questo.

Sto semplicemente per tagliare due staffette di plastica dura che tengono abbracciati quindici quotidiani.

Con le dita sfioro la lama, è gelida. Non lo so, mi sento come emozionato.

Poi faccio scivolare il taglierino facendo forza con il polso.

Aperto.

Ora la mia copia.

La prendo e seguo alla lettera tutte le istruzioni che mi aveva detto Riccardo.

L'annuso. L'odore è buono, e pensare che temevo che scottasse, non lo so, è la prima copia, pensavo fosse come i cornetti appena fatti che arrivano al bar, ancora caldi.

La prendo e la sistemo tra due mucchi di riviste di un gossip da parrucchiere.

La osservo e tra di me dico: ti prego fatti comprare!

E se la comprassi io?

Non sarebbe valido. Magari si ritorcerebbe contro e la fortuna si tramuterebbe in sfiga ultracentenaria.

Intanto mentre osservo il giornale, Riccardo mi chiama perché sono arrivate altre consegne.

Inizia il lavoro.

Finito di sistemare ci appostiamo dietro il bancone pronti ad attendere il primo cliente.

Sono le cinque e venti.

"Posso fumare qui dietro?".

"Certo che puoi fumare, la sigaretta sarà la tua migliore amica della giornata!".

Beh non è che ne sia entusiasta di questa cosa. Chissà Riccardo quante se ne fuma al giorno. Calcolando che sono qui da mezz'ora e ne ha fumate quattro, e lavorando pressoché dodici ore circa, il tutto fa: no! Non è possibile. 96 sigarette!

Forse prima era un po' nervoso e ne ha fumate quattro poi magari per il resto della giornata ne fuma solo un altro paio, intanto sento il rumore del click della pietrina dell'accendino.

Il giornale, quando prendo il messaggero mi viene in mente mio padre.

Lui, quando lo compra, lo tiene perfettamente piegato fino a quando non si mette comodo per leggerlo in tranquillità, e guai se qualcuno glielo apre, lui deve essere assolutamente il primo.

Io invece sono molto più flessibile, ed ancora adesso non ho imparato a leggere il giornale in piedi. Incredibile lo so, ma non riesco a piegare bene le pagine, mi si arruffano, una mi cade, l'altra è troppo su e quando giro fa l'orecchia e mi da tremendamente fastidio. Beh, pazienza, prima o poi imparerò.

Intanto una station wagon si ferma davanti al chiosco.

Mancano dieci minuti alle sei.

Io, perso nei ricordi, mi giro di scatto alla vista del primo potenziale cliente che possa acquistare la mia copia.

Scende un tipo sui quaranta con un completo gessato.

Ha ancora gli occhi gonfi, deve essersi alzato da poco.

D'altronde sono quasi le sei, ed io sono fuori di casa già da un ora.

Tanti giorni non esco perché tutto il resto mi devasta, ed oggi sono a contatto col mondo già così presto.

Sinceramente sono sempre solitario. Tutto il resto è come se non ci fosse.

C'è solo il chiosco, Riccardo e quella copia che deve essere assolutamente acquistata.

Sono sicuro, la compra, la compra, la compra.

Ti prego dio fa che prenda la Repubblica.

Adesso mi guarda, mi dice: buongiorno senta mi da la Repubblica!

La sta guardando. Guarda proprio quella, me ne sono accorto.

Prendila, prendila, prendila.
"Buongiorno. Vorrei il Tempo e Corriere dello Sport per favore".
Il Tempo? No!
"Mi scusi ha detto il Tempo?".
"Sì grazie, il Tempo e il Corriere dello sport".
Non ci posso credere. Non c'è proprio verso. Ma che sono venuto a fare. Mi sono alzato alle quattro e venti per ricevere subito una delusione. Non potevo rimanere a dormire?
"Tenga, sono un euro e ottanta centesimi".
La vita è fatta anche di piccole soddisfazioni. Io non riesco neanche ad avere quelle.
"Ti ha detto male, mi dispiace".
"Non preoccuparti Riccardo sono abituato".
"Vuoi tornare a dormire?".
"No figurati è solo una stupidaggine, se mi attacco anche a questo allora tento il suicidio!".
Sono rimasto a lavorare fino a mezzogiorno e mezza.
La mattinata non è andata proprio come volevo. Quella storia del giornale mi ha in qualche modo scioccato. Si, ho fatto quello che desideravo, ho passato la mattinata in edicola a fare il giornalaio, ma quella copia, quella maledettissima copia, ha innescato dentro di me un senso di tristezza incredibile. E' come se avessi ricevuto un duro colpo. Per fortuna avevo il pacchetto da dieci, altrimenti sarei arrivato io a fumarne 96!
Riccardo l'ha notata questa cosa. Per tutta la mattinata ha cercato di tirarmi su. Purtroppo lui non avrebbe potuto sapere che io l'avrei presa così male.
In compenso mi ha regalato un giornale di musica con un cd tutto reggae, ma io avrei desiderato un'altra cosa: che quel signore avesse acquistato il mio giornale.

12. Teen ager

"Una mela al giorno leva il medico di torno".

Lo dice sempre mia madre. Chissà perché mi è venuta in mente questa cosa.

Ne prendo una, la sciacquo bene sotto l'acqua per qualche secondo. Poi l'asciugo delicatamente con un panno. Non la sbuccio. Si dice sempre che la maggior parte delle vitamine sta nella buccia. Ed io ho voglia di imbottirmi di vitamine.

Poi comincio a roteare il picciolo della mela contando le lettere. Si faceva da ragazzini e mi è sempre rimasto questo vizio. Ricordo quando avevo circa dieci anni, mi piaceva da morire una ragazza che si chiamava Valeria, e pur sapendo che il giochino della mela non sarebbe mai arrivato alla V, il picciolo resiste massimo fino alla G, lo facevo lo stesso tutte le volte sperando che durasse fino alla V. Poi inventai il conto alla rovescia riuscendo così a far capitare la V e sorridere mangiando più felicemente il frutto del peccato.

A volte mi fermo a ricordare la mia infanzia e arrivo ad un punto che chiudo gli occhi sperando che quando li riapro sia tornato ad avere quindici anni.

Che bella quell'età.

Nessun problema, la scuola, le fidanzate, giocare, le prime feste.

Vorrei avere sempre quindici, sedici anni.

Vorrei essere sempre un Teen Ager.

La cosa che però mi fa sorridere, è che tutt'ora che ho venticinque anni mi sento sempre un Teen Ager.

Anagraficamente posso crescere ma dentro rimango sempre un sedicenne.

Ho paura di crescere. Paura di invecchiare.

Quando ero piccolo non vedevo l'ora di avere venticinque anni, a tal punto di mentire sempre con la mia età per sembrare più grande: ne avevo quindici? Me ne davo sedici e mezzo quasi diciassette. Volevo a tutti i costi crescere al più presto fregandomene di quanto fosse meraviglioso avere sedici anni. Ora rimpiango quell'età, e continuo a mentire, ne ho venticinque? Per gli altri ventitre.

Si cerca sempre di costruirsi una maschera, un personaggio. Io volevo essere Brandon di Beverly hills 90210, così mi vestivo come lui, cercavo di parlare come lui e più che altro mi facevo i capelli come lui, con quell'onda terribile. Ma tutto questo era comprensibile, ero piccolo. Ora mi chiedo "Che scusa ho?".

È tanto difficile essere se stessi?

Perché ci si costruisce invece di viversi cosi come si è?

Bah, domande, solo domande. Mi manca solo l'occhio di bue puntato, un teschio in mano e posso recitare: "Essere o non essere...".

Questo è veramente un problema.

Oppure mi incanto tante volte al pensiero che se apparisse da un momento all'altro il genio e mi chiedesse di esprimere tre desideri, quali fossero le mie scelte. Tre desideri. Non deve essere difficile, beh io non riesco a sceglierne tre.

Incredibile!

I soldi potrei dire, risolvo tutti i problemi della vita...

Nah!

I soldi non fanno la felicità, ma aiutano però ad essere felici vero?

Allora la felicità. Si ma poi non ho i soldi.

Quello che conta nella vita è la salute. Quando c'è la salute c'è tutto. Lo dice sempre mia madre.

Si però sono sano come un pesce ma vivo sotto i ponti e sono triste. Allora i soldi servono. Aspetta però. Io ne ho tre di desideri!

Soldi, salute e felicità

Perfetto!

Ma dentro di me sento che manca qualcosa.

Qualcosa di veramente importante per vivere. Cosa però!!

Beh, lasciamo perdere, tanto il genio della lampada non apparirà mai, di conseguenza, perché sprecare tante forze nel pensarci?

13. Giallo ocra

Ci sono delle mattine che mi sveglio terribilmente triste.

Vorrei sbottare a piangere, perché dentro di me ho una rabbia, una sensazione di nulla che mi divora.

Questo mi succede spesso. Ma non so spiegarmelo.

Sono lì che aspetto che qualcuno venga a darmi le chiavi per entrare in un nuovo mondo, dove la mattina posso finalmente alzarmi senza aver voglia di piangere.

Queste chiavi le aspetto ormai da parecchio tempo.

Le sensazioni, la rabbia, la tristezza, le percepisco dal respiro che ho.

Mi fermo, apro bene i polmoni pronti a ricevere il profumo della vita, ma respiro solamente un essenza inodore, un aroma vuoto, aria, neanche una fragranza della vita, solo aria.

Beh, io è come se avessi perso il privilegio di avere questo senso. L'olfatto.

Il poter annusare le fragranze della vita, di quello che si fa, delle emozioni, dei rapporti, di tutto quello che c'è intorno.

Sicuramente il mio naso svolge ancora bene la sua funzione, ma non nel modo esatto. Vivendo.

Penso, penso e ripenso.

Il tempo dovrebbe aiutarmi a riflettere e capire veramente quello di cui ho bisogno.

Ma vedo che lui inesorabilmente se ne va, ed io non traggo nessuna conclusione.

L'orologio segna quasi le sei del mattino.

Non sono andato a dormire.

Solamente la visione del letto mi affibbiava un totale cupezza.

Ho letto un libro.

Era circa mezzanotte quando ho cominciato.

Ed ora sono le sei ed ancora ho voglia di leggerlo.

È come se mi avesse rapito. Mi è capitato altre volte di aver letto libri che mi abbiano affascinato a tal punto da estraniarmi da tutto il resto, ma come questo mai.

Forse sarà il momento, magari se lo avessi letto in un'altra occasione sarebbe stato decisamente diverso, ma la stranezza è che il tempo si è fatto notare solamente dal dolore che mi imperversava alle gambe, per una circolazione ormai dimenticata da una posizione sul divano.

Non ricordo nemmeno di aver fumato.

Vicino a me, c'è solamente una tazza vuota che presenta i bordi marchiati da un tè molto aromatizzato.

Non lo conosco l'autore.

Il titolo non l'avevo mai sentito.

E sinceramente il libro non l'avevo mai notato nella libreria.

È molto vecchio, è del 1978. Io non ero ancora nato.

L'ho preso così per caso, e notando che aveva parecchi anni ho sfogliato l'introduzione e poi qualche pagina. Ho cominciato a leggerlo ed intanto camminavo verso il divano in salotto.

Eppure narra di un conflitto sociale di Mont-Perougne, un paesino al nord della Francia che lottava per i diritti umani alla fine dell'Ottocento.

Un mattone terrificante di quattrocento dodici pagine scritte abbastanza fitte.

Uno di quei libri destinati a lettori terribilmente demodè, che ti viene l'orticaria solo alla visione della copertina di un giallo ocra molto sbiadito.

Ma una cosa mi ha impressionato.

Mi ha letteralmente tolto l'attenzione facendo tralasciare di cosa trattasse il libro.

Forse una buona astuzia dell'autore.

Beh se è così, è fantastico.

Tutta la vicenda ruotava attorno ad una meravigliosa storia d'amore!

Una fantastica e straordinaria passione tra due giovani in un contesto impressionante.

Brividi.

Riga dopo riga rimanevo incantato, assolto, rapito da due cuori che si dichiaravano sotto i colpi di una guerra a baionette.

A tratti comparivano anche delle lacrime dai miei occhi.

Perché mi ha fatto quest'effetto?

65

Sei ore catturato dall'ardore e dalla fiamma di due fanciulli francesi di fine ottocento.

Mentre lo leggevo, gli occhi che scorrevano in quelle righe ormai consumate dal tempo e dalla polvere erano perfettamente in simbiosi con i miei pensieri.

Immaginavo tutto come se lo stessi vivendo.

Vedevo i posti, le praterie, i loro buffi vestiti di un paio di secoli fa.

Sentivo le loro emozioni, i lori respiri.

Quando parlavano, i loro silenzi che avevano nel fissarsi.

Il calore di quando facevano l'amore.

Una sensazione incredibile, che sembrava ormai dimenticata dal mio io.

Li vedevo abbracciarsi, sfiorarsi le labbra, accarezzarsi innocentemente.

L'ho vissuta veramente questa storia. Nei miei pensieri. Nei miei sogni.

Un lieve sorriso compare sulle mie labbra.

È anche la prima volta che leggo un libro tutto di un fiato.

Quando i due ragazzi non erano parte del racconto scorrevo velocemente le pagine cercandoli.

Ne è valsa la pena.

Mi sono nutrito delle mie emozioni nel leggerlo.

Ancora lo tengo tra le mani.

Lo guardo in silenzio, continuando ad immaginare tutto quanto.

Immobile in mezzo alla stanza con settecento grammi di carta tra le mani e un sogno nella testa.

Il sole si appresta a darmi il buongiorno.

Non mi viene da piangere. Ma sono ugualmente triste.

Poggio il libro tra le mie letture che ormai sono stracolme di polvere.

Nonostante tutto sono in grado di sostenere anche un esame sui diritti della popolazione francese di fine Ottocento.

Se ripenso a tutto questo, mi fa molto strano.

Accendo la radio.

Stanno passando la canzone di *Ronan Keating*, quella della colonna sonora di *Notting Hill*, ad un tratto mi viene in mente il film e quanto in passato la storia d'amore tra Julia Roberts e Hugh Grant mi abbia fatto impazzire.

Sorrido al pensiero. Mi immagino tutto in flashback lungo quanto la canzone.

Mi capita spesso. Mi piace farlo.

Fare un sogno ad occhi aperti, un sogno meraviglioso, di quelli che ti lasciano scendere una lacrima, e farlo durare il tempo di una canzone meravigliosa, come se la musica facesse da perfetto sfondo come nei film.

Per ogni sogno c'è una musica perfetta che rende tutto fantastico.

Devo averlo il cd di *Notting Hill* da qualche parte.

Deve esserci per forza, ricordo me lo ha regalato Simona.

Frettolosamente rovisto tra i cd vicino al computer.

Ce ne sono molti, parecchi masterizzati. Odio i prezzi vertiginosi delle case discografiche, perché scaricandoli da internet e aggiungendo solo 50 centesimi per il cd vuoto deve essere dannoso per il mondo?

Perché viene fatta una pubblicità di questo come se stessi rubando un auto?

Potrebbero abbassare i prezzi invece di catalogarci come ladri.

Lasciamo stare.

Rock, rock, solo rock. Nulla in contrario alla rock, musica eternamente fantastica, ma a volte qualcos'altro è più indicativo per certi momenti.

Eccolo. È la numero otto.

La metto su.

Il laser del lettore cd comincia a leggere la traccia, ed io continuo a sognare.

Ne avrò per circa cinque minuti, e voglio godermeli tutti.

Prima il libro d'amore, ora *Notting Hill*.

Un overdose d'amore improvvisa dentro di me.

Piano piano i pensieri cominciano ad essere più nitidi.

Torno a pensare a quel sabato pomeriggio. True Love.

14. *Speaker e compact disc*

Anche stanotte non ho dormito.

Ormai le notti insonni cominciano ad essere di gran lunga superiori a quelle in cui dormo.

Sono circa le otto. Non ho voglia di farmi il caffè.

Giusto un getto di acqua fresca sul mio viso e lo vado a prendere al bar.

Fuori è una strana giornata. Il sole sembra più lucente degli altri giorni.

Mah, saranno i miei occhi, ormai abituati alle luci soffuse della mia casa.

C'è una leggera freschezza, i rumori non mi sembrano assordanti come al solito per un martedì mattina.

I clacson non si sentono molto, si riescono anche a sentire gli uccellini che cantano.

Riccardo ormai sono quasi tre ore che sta lavorando.

Ogni volta che passo da lui guardo sempre sul bancone dove poggia le prime copie.

La fila di stampe è diminuita parecchio, sicuramente gli avranno acquistato la copia fortunata.

"Buongiorno Riccardo".

"Ehi giovanotto, come va questa mattina?".

"Come al solito, ne miracoli ne sorprese".

"Vedo che sei sempre di buon umore".

"Lascia stare dai, senti è uscito il mio settimanale?".

"No caro mio, oggi è martedì, quello esce il giovedì".

"Ah già, è vero".

"Sempre con la testa fra le nuvole".

"Ok buona giornata Riccardo".

La testa fra le nuvole.

Dannazione vorrei subito un aereo per poter andare a riprendermela.
Mi manca la mia testa, chissà come starà lei senza di me?

Intanto sono arrivato al bar. Ho bisogno di caffeina.
"Buongiorno un caffè e un bicchiere d'acqua gassata grazie".
"Un euro".
Perché continuo a venire a prendere il caffè in questo bar?
La cassiera non mi dice mai né buongiorno né arrivederci, è una maleducata e pure brutta.
Però il caffè lo fanno da dio.
Senza zucchero, e con il mestolo ti versano una crema dentro che lo rende meraviglioso.
Non riesco a separarmi da quel caffè.
"Scusa?".
Mi giro, è un signore sui quaranta che mi guarda come infastidito.
"Scusami?".
"Si mi dica?".
" Il tuo telefonino, è parecchio che suona ma non lo senti?".
Il telefonino? Suona?
Mentre lo tiro fuori dalla tasca sento effettivamente che sta vibrando e riesco a sentire che squilla.
"Ah grazie, scusi".
E' come se avessi qualcosa nella testa che mi distoglie da tutto il resto a tal punto di non sentire neanche il cellulare che suona.
"Pronto?".
"Ehi ma che fine hai fatto? Ancora ti sto aspettando ieri sera".
"Merda è vero! Scusami mi sono dimenticato, ma potevi farmi uno squillo quando vedevi che non arrivavo".
"Uno squillo? Ho provato dodici milioni di volte a chiamarti, alla fine ho anche chiesto di uscire alla signorina della segreteria, eravamo diventati troppo intimi!".
Max! quello della radio.
Mi aveva mandato un sms ieri nel pomeriggio per dirmi se mi facevo vedere in radio la sera per provare qualcosa, ed io me ne sono letteralmente dimenticato.
"Ohi Max, scusa ma ieri sera sono piombati i miei a casa, era tanto che non li vedevo e cosi mi sono perso nei lori discorsi e più che altro nella cena di mia madre, facciamo stasera?"
Cazzata megagalattica, ma efficace.

"Ma che stasera. Oggi pomeriggio vieni verso le cinque, ora scappo, ciao".
Allora adesso conto fino a dieci, mi sveglio e cerco di starci con la testa, basta con questo assenteismo.
Esco di corsa dal bar, infilo gli occhiali e mi incammino.
Sveglio. Devo essere vigile.
Mi accendo una sigaretta.
Non ha il solito sapore del dopo caffè. Non ha neanche il sapore di caffè.
Perché non ho neanche bevuto il caffè. E' rimasto sul bancone ancora con il cucchiaino dentro.
Dannazione!

"Allora, la Siae ci sta rompendo fortemente le balle, vogliono un sacco di soldi e noi non ne abbiamo, quindi ho dovuto fare un grosso debito col babbo che mi ha insultato per circa due ore".
"Ma alla fine l'ha sganciata la grana?".
"Si, barboni. Tanto sono sempre io che finanzio".
"Ma non sei tu che vivi da solo ai parioli, che ti sei appena comprato una Mini cooper S e il venerdì vai a ballare nel privè dell'Art Cafè?.
" E con questo?".
"Niente, è giusto che tu, adoratore delle globalizzazione e delle multinazionali paghi per tutti".
"Dredd fai le labbra a cuoricino e baciami il culo!".
E' uno spettacolo vederli parlare. Si insultano come nei film di Tomas Milian.
Uno è Billy. Lo chiamano così perché gioca sempre a calcetto con una vecchia maglia del Milan di Costacurta.
Ricco, il padre è un dentista con all'attivo mezza dozzina di studi dentistici per Roma.
Un po' fighetto ma troppo simpatico e amante della musica in maniera spaziale come tutti noi.
L'altro è Dredd.
La verità sul suo soprannome non l'ho ancora capita. Certi dicono per via dei Rasta, altri invece perché si è visto all'incirca 72 volte il film *Dredd la legge sono io*, con uno Stallone super rambo giudice futuristico.
Pazzi, pazzi da legare.
Io sono seduto accanto a Max e ci stiamo godendo lo spettacolo dei due che si insultano a più non posso.
Abbiamo provato qualche messa in onda.

A me vorrebbero dare uno spazio di circa un'ora su cui dovrei fare un programma.

Dicono che ho una bella voce. Una voce veramente radiofonica e che dovrei sfruttarla il più possibile.

Max ci crede in me.

E convince sempre Billy a darmi piena autonomia nella sceneggiatura del programma.

Ma io in testa non ho ancora niente.

Anzi. Ho un miliardo di cose mescolate tra loro come un frappè.

La mia dizione non è perfetta, si sente un po' la pesantezza del romano, ma non è neanche da buttar via.

Ne feci un corso qualche anno fa.

Sono stato sempre un appassionato di cinema e un gran sognatore.

Mi sono sempre visto come attore recitando addirittura le scene che più mi colpivano dei miei film preferiti.

Così in vacanza a Riccione, una sera alla Baia Imperiale di Gabicce mare, vidi uno strambo tipo con l'aria di un playboy ormai in pensione da qualche decennio che improvvisava provini per la discoteca a ragazzi un po' elettrici per via dell'alcool e di qualche altro additivo.

Finii anch'io seduto sul divanetto con una telecamera puntata e questo tipo che mi faceva domande sulla mia vita.

Fui scelto. A settembre un agenzia mi chiamò per farmi fare un corso di recitazione presso una società d'immagine romana.

Accettai. Visto anche che il corso era gratuito.

Durò ben cinque mesi con tanto di attestato e gagliardetto alla fine del corso.

Solamente dopo cinque mesi riuscii a capire chi veramente fosse quel tipo.

Era Totip! Il barista dei ragazzi della 3C.

Da quel corso dentro di me si andava piano sviluppando una passione incredibile per la recitazione, che purtroppo preferivo praticare con gli amici o con le ragazze, vivendo storie e momenti come se fossi in un film, piuttosto che davanti ad una telecamera.

"Max, io butto giù qualcosa in questi giorni e la prossima settimana ti porto qualche produzione, che ne dici?".

"Ok bello, se ti serve una mano per le musiche o un fonico fammi uno squillo".

"Grazie".

"Ehi Max?".

"Sì, dimmi".

"Perché stai facendo tutto questo?".

"Non ti preoccupare non sono gay".

"Beh almeno questo è un sollievo".

"Lo faccio perché voglio credere in questa radio e nelle persone che sono vicino a me in questa avventura".

"Già, proprio un avventura".

"Dai tranquillo, fammi uno squillo in settimana bello".

"Ok, ciao Max".

"Rock and roll".

Mi hanno colpito le parole di Max.

Sono in macchina fermo al semaforo che ci ripenso.

Fino a qualche tempo fa non sapevo neanche che fine avesse fatto lui.

Ora mi ci ritrovo insieme nel progetto di una radio.

Mi ricordo quando si usciva insieme.

Che tragedie! Sempre sbronzi, ogni tanto qualche rissa, e tanto surf insieme.

Io il progetto radio lo vedo un disastro.

Per fortuna c'è lui che pensa positivo.

Ma voglio vedere come va a finire.

15. Single e coppie

Easy
Lionel Ritchie è terribilmente fantastico quando arrivano le otto e mezza di sera.
Fuori fa freddo e c'è un silenzio desertico..
I vetri delle finestre delle cucine sono appannati per via delle mamme che stanno cucinando.
Un profumo d'incenso alla vaniglia accarezza il mio naso mentre stappo una bottiglia di vino rosso.
La cenere di una sigaretta resa orfana per colpa di un'apribottiglie particolarmente impegnativo, si lascia cadere furtiva in un portacenere bottino di un estate al campeggio.
L'atmosfera è molto rilassante.
Sono in piedi ed in questo momento non penso a nulla, dentro di me la solita malinconia e quella tristezza che ormai si ramifica sempre di più.
Ma va meglio.
Dentro di me ogni giorno che passa succede qualcosa in più che mi fa capire.
Cosa mi fa capire questo non lo so, non c'è particolarmente dialogo tra il cervello ed il resto del corpo, ma arriva qualche input che mi sgrana. Come se fossi un enorme perno arrugginito che ha bisogno di una messa a posto, ed ogni giorno ricevo la mia razione di olio quotidiana per ricominciare a ruotare nel senso giusto.
Si,ma cosa?
Stasera ho lasciato stare il cinese, la pizza e tutte le altre diavolerie. Sto cucinando l'Amatriciana.
Riesco a crearmi le situazioni più rilassanti, ordino tutto come a puntino.
Sistemo la tavola in maniera impeccabile.
Scelgo il cd più adatto e l'incenso più delizioso..

Ma non riesco a fare a meno di provare una sensazione che a me fa terribilmente male: mangiare solo.

Non posso uscire sempre, non posso andare sempre dagli amici, ho una vita, una casa ed è giusto che io la sera sia a casa e ceni da solo. Perché però a me fa così male, perché mi rende più triste e nervoso di quanto io non lo sia già?

A volte penso che io abbia bisogno di qualcuno che sia con me.

Che non è sempre bello essere soli.

Che non è vero che vivere a casa da soli sia meraviglioso. Forse può andare come scusa all'inizio quando si hanno diciott'anni e di stare con i tuoi comincia a diventare tosta. Lo posso accettare per chi deve fuggire da situazioni difficili, per chi ha bisogno di un periodo di relax per staccare la spina da tutto il resto. Ma non si può vivere e stare sempre soli.

Io non ce la faccio.

Stare da soli. Tutti dicono: È bello essere single!

Tutti dicono: io sono single per scelta e vivo solo.

Nessuno è single per sua decisione.

Ognuno è single perché sta aspettando qualcuno da una vita...

Nella vita tutti aspettiamo il nostro qualcuno.

Beh. Allora tutti ci riescono tranne io.

Riempio il bicchiere per più della metà di vino e lo bevo tutto di un fiato.

Cin. A me che non voglio essere single.

16. Storyboard

Scrivere la sceneggiatura di un programma non è per niente facile.
Che m'invento?
Prima di tutto bisogna cominciare dalla musica.
Scegliere accuratamente la colonna sonora che farà da sfondo a quello che ho in testa.
Si, ma cosa ho in testa?
Fare un programma d'intrattenimento non è per niente facile.
Avessi i mezzi che ha Fiorello, sarebbe molto più semplice, ma forse Fiorello non ha qualcosa da trasmettere e dire a tanti come in questo momento ho io.
Dovrei andare in onda di notte giusto?
Per esattezza alle 23. Di conseguenza voglio aprire la notte che verrà.
E visto che la notte mi fa da sfondo tutti i giorni, ogni notte per me rimane un ostacolo da vivere, almeno per sessanta minuti voglio cercare di farla vivere agli altri.
Sognando.
I sogni.
Sono parte di tutti noi. Ci consentono di vivere, e di stare sempre almeno a mezzo metro da terra.
Sognare è meraviglioso, e visto che in questo momento almeno sognare mi rimane semplice, voglio farlo attraverso la mia voce cercando di regalarne uno anche a chi prima di addormentarsi non ce l'ha. Sarò pazzo, sarò patetico, ma voglio provarci. Se non avete un sogno, ve lo regalo io.
La radio, la musica stanno diventando ormai parte integrante della mia vita, ma non smetto di provare quelle sensazioni di dolore, quell'ansia terribile che mi prende e mi esclude da tutto, la paura.
Il cervello è più distratto, ruota in maniera più idonea alla vita ultimamente, ma non è del tutto ok.

Devo scrivere un programma radio, sto per diventare uno speaker radiofonico e di conseguenza c'è chi ascolterà la mia voce. Ruoterò per molto tempo intorno alla musica, il che è meraviglioso per me, ma continuo a non essere entusiasta di quello che ho, di quello che faccio. Continuo a non essere felice.

Questo mi reca un enorme disagio quando sto a contatto con il gruppo o quando devo mettermi al lavoro per produrre qualcosa.

Sono apatico. Si è mai sentito uno speaker apatico?

Che faccio un programma per giovani depressi all'ascolto?

Insegno e fornisco qualche dritta su come suicidarsi?

Non è bello.

Dietro front.

La radio è una cosa che mi ha sempre affascinato.

Ma ora non mi sta affascinando particolarmente mentre la sto vivendo.

Sono pazzo?

Si.

Sono un idiota?

Si.

Sono depresso?

Certamente.

Aspiro al suicidio?

Fare un programma in queste condizioni è sicuramente un ottimo suicidio.

E pure ho tante belle idee in testa.

Voglio regalare dei sogni, fare ascoltare tanta bella musica e canzoni particolarissime, raccontare di quello che più piace a tutti, e pure, non riesco a mettere tutto in atto per via del mio stato d'animo.

Sarei perfino capace di rinunciare a un milione di euro perché non saprei come spenderli perché non ho voglia di fare nulla.

Pazzesco!

Veramente pazzesco!

17. Chelsea and beer

Il babbo ieri sera è passato a trovarmi con la scusa di portarmi un ciambellone al cioccolato che ha fatto la mamma e il suo cellulare che secondo lui non funzionava bene, quando invece funzionava benissimo ed il tutto era come al solito per vedere come stavo.
Loro non stanno affatto bene nel vedermi così.
Mi ha raccontato che lo zio ha cambiato macchina e che hanno aperto un bar vicino casa loro molto bello con i biliardi e due sventole di cameriere.
Abbiamo visto una partita del Chelsea sul satellite e bevuto una birra irlandese a doppio malto, una partita a briscola mentre ascoltavamo Celentano che a lui piace molto ed io tutte le volte devo sorbirlo con quei testi terribilmente romantici che mi mettono un' angoscia da impiccagione.
Poi mi ha dato un bacio predicandomi ad alta voce: "mangia tutto il ciambellone altrimenti mamma s'incazza!".
A volte quando mio padre passa da me e siamo a casa, mi capita di dimenticarmi che sia mio padre.
Sembra come se fossi con un mio amico.
Vediamo partite di calcio inglese a tutto spiano, beviamo birra e parliamo di donne.
A volte penso, adesso si gira e mi chiede una cartina!
È troppo forte mio padre.
Come si dice: è un pischello!
Ma mi capita di guardarlo negli occhi, e non ha quella lucidità di vedere un figlio contento, di andarsene a fine serata chiudendo la porta e facendo quel respiro di tranquillità nell'ascensore.
Vedo in lui la preoccupazione, e tutte le volte che va via io sto male, ma non gliel'ho mai detto, e forse mai glielo dirò.

Quando è notte fonda mi prende una paura terribile, vorrei correre al telefono e chiamarli per dirgli che gli voglio bene, troppo bene. Come se mi sentissi di morire e dovessi dirgli quanto io li ami, ma poi mi fermo e non lo faccio, a quell'ora la vita la rischierebbero loro nel rispondere.

Quando ho chiuso la porta sono tornato nel salone per prendere le bottiglie vuote di birra per buttarle ed ho notato che sotto di una c'erano 100 euro.

Li aveva messi mio padre, lo fa tutte le volte. Fin da quando ero piccolo si è sempre prodigato in tutto e per tutto per non farmi mancare niente. Ora ho venticinque anni, dovrei essere in piena autosufficienza, ma lui non smette di farlo e mai lo farà, anche perché ci sarebbe la mamma pronta al suo ritorno a chiedergli subito se mi avesse lasciato i soldi e se fossero stati abbastanza.

I miei genitori.

"Mi raccomando!".

Una sera ho cercato di farmi una vaga idea di quante volte loro me l'avessero detto.

Appunto, una troppo vaga idea. Non so se esistano dei calcoli simili in matematica.

18. Tribalistas

Ja sei namorar.
La quantità di volte che questa canzone viene passata dalle radio è simile al mi raccomando dei miei genitori.
Per carità, molto carina, ritmo carioca e melodia molto orecchiabile, però ci sono all'incirca altri miliardi e miliardi di canzoni, perché passarne sempre una?
Questa mattina è lei ad annunciare il mio risveglio.
Ci mancherebbe solo il fido servitore che urli:" S'è svegliato!", come nel Marchese del grillo.
Un altro vedendomi direbbe: che pacchia!
Io invece: che palle!
Solita routine mattutina con un piccolo ingrediente in più: la barba!
Fosse per me farei un operazione per farmela togliere.
Non c'è cosa più noiosa la mattina appena sveglio con gli occhi abbottonati, di farsi la barba.
Vorrei schioccare le dita e ops, non c'è più, e all'improvviso il mio viso cotonato diventa un culetto di un bambino.
Ma qualche rimedio c'è: il rasoio elettrico, almeno evito la parte della schiuma.
Mi appresto ad uscire ma lascio un istante aperta la porta aspettando il mal di testa e la gastrite che hanno fatto più tardi di me, ah, eccoli arrivare, mi sembrava strano che stamattina non ci fossero, siamo tutti ora si può andare.
I cento euro del babbo in parte questa mattina verranno investi nell' acquisto di qualche cd.
Cosi vado vicino al parco. C'è un negozio di dischi ormai aperto da molti anni in cui posso vantare una certa notorietà per aver acquistato una quantità industriale di musicassette vuote, quando con il Francesco ci eravamo messi in testa a dieci anni di intraprendere la strada della pirateria musicale,

vendendo copie a tutta la scuola a cinquemila lire. Strada poi abbandonata per via dei crediti che vantavamo ma che mai riscuotevamo. Ma in compenso mi è rimasta la fama col proprietario del negozio, che se ti avvicini e lo annusi ha l'odore dei vecchi 45 giri.

Sono le nove e mezza e ha aperto da poco.

Entrando sento gli starnuti di Giulia.

La commessa. Ha il raffreddore.

"Ehi non stiamo particolarmente bene stamattina!".

"Babba bia, lascia stare".

Giulia.

La conosco da vent'anni, quando giocavamo sotto casa con le rispettive nonne con le macchinine su una rampa frutto di un lavoro mal riuscito di un maldestro muratore.

Abbiamo fatto le elementari e le medie insieme, poi il fato ci ha diviso alle superiori, ma guarda caso, stufa nel prendere i mezzi, cambiò scuola optando proprio per la mia e finimmo la maturità insieme.

Eravamo molto amici facevamo sempre coppia, il moretto dai capelli dritti e la biondina dalle guanciotte piene di lentiggini.

Guardandola mi viene da sorridere ripensando a tutto il tempo trascorso insieme e il fatto che non smette mai di negarmi un sorriso.

"Ma questi capelli?".

"Non ti piacciono?".

"Altrochè!".

"Finiscila! Neanche sei arrivato e già cominci?".

"Giuli, dico sul serio stai benissimo!"

"Beh allora grazie, un complimento la mattina fa sempre bene. Etchu!".

Mi fa troppo ridere.

"Senti, qualcosa di nuovo?".

"Conoscendoti, direi che questo non puoi non comprarlo".

Etira fuori dallo scaffale un cd con una copertina stranissima.

Una figura metà donna e metà harley davidson.

"Slayer".

" E chi sono?".

"Fidati non te ne pentirai, dopo che l'avrai ascoltato mi chiamerai e mi dirai grazie".

"Andata. Lo sai che mi fido di te".

"Per il resto tutto ok tu? Io ho il raffreddore ma tu non è che abbia un aspetto migliore".

"Periodo negativo? Lavoro?".

"No", abbasso lo sguardo.

"Amore?".

"No!".

"A casa?".

"Vivo solo", sorrido.

"Allora cosa?".

"Sinceramente non lo so".

"Pazzo eri e pazzo sei rimasto".

"Lasciamo stare va, quanto ti devo?".

"Questo viene 18 ma visto che sei tu dammi 20!".

"Giulia lo sai dovresti fare del cabaret, hai talento".

"Dai che muso lungo, lo sai che scherzo".

"Proprio per questo!".

"allora facciamo 21?".

"Grrr".

"22?".

"Ecco tieni 30 cosi la fai finita".

Lei allunga la mano e prende i tre pezzi da dieci euro che tengo tra le mani

"Ma tu guarda, mi prendi 30 euro!".

"Certo cosi ti do il resto di 20", e mi da due biglietti da 10.

"No dai Giuli, viene 18, e se Aldo se ne accorge?".

"Ma chi? Il ritorno dei morti viventi se ne accorge?".

"Quello fino a mezzogiorno è muto e immobile sulla sedia a leggere il corriere, se entrano e fanno una rapina gli dice anche di fare piano altrimenti lo disturbano, e poi è pure della Lazio!".

"Quanto sei scema!".

"Dai sparisci, e fammi sapere com'è poi d'accordo?".

"Certo, baci".

Esco fuori dal negozio con un leggero sorriso sulle labbra.

La mattinata è appena cominciata, sono in compagnia di un cd nuovo tutto da ascoltare, voglio metterlo su subito, tanto per sentire che impatto mi fa, se Giulia veramente ha ragione ed è bello, ma io non ho mai avuto dubbi su di lei. Giulia è Giulia.

Il laser del lettore cd comincia a girare.

Potente, un assolo di chitarra elettrica infiamma un vibratissima introduzione del brano, poi si parte.

Una fusione di rock velenoso e punk, niente male.

Nell'ascoltarla seguendo anche le parole del cantante che ha una voce abbastanza metallica, si riconosce un impronte romantico-nostalgica. Strano per una musica così forte, ma è una particolarità niente male.

A volte scende sullo strappalacrime ma sempre con queste chitarre che sembrano fare a pugni con la batteria e un giro di basso veramente profondo.

Il finestrino aperto e questa musica mi aprono un po' il cervello ai ricordi e comincio a respirare profondamente come se dovessi assaporare l'aria che c'è intorno.

Mah, devo sentirlo con calma.

Turner. Torno alla radio e smetto di pensare, magari poi cado nel depresso e divento una mummia.

Sigaretta e radio commerciale il tutto servito accompagnato da un traffico mattutino giusto per mandarti dall'analista.

La giornata può cominciare.

19. Flashback

Oggi pranzo dai miei, non gliel'ho ancora detto, voglio fargli una sorpresa con tanto di pasticcini per il gusto di vederli bisticciare quando li mangiano, perché la mamma rimprovera il babbo di mangiarne troppi non badando alla dieta.
E poi anche per schiacciare un pisolino sul mio vecchio letto con la tele accesa a basso volume sul canale musicale come facevo il pomeriggio dopo scuola.
E se a casa non ci sono?
Beh allora li chiamo.
Si ma poi che sorpresa è.
Rischio. Semmai pranzo col dolce.
L'idea della sorpresa è ottima anche per il fatto che non do tempo a mia madre di cucinare il mondo intero.
Per fortuna ho un fisico tirato che non ingrasso altrimenti a quest'ora peserei due tonnellate.
Ricordo le merende che mi preparava il pomeriggio: due fette di pane ed in mezzo il frigorifero!
Mangia, mangia, mangia. Quindi siamo a tre per le cose più ripetute nella storia dell'universo: mi raccomando, mangia e i *Tribalistas*.
Mignon, paste grandi o pasticcini?
Eh, bel dilemma.
I mignon rischi di cominciare a fare una catena di montaggio piatto-bocca alla Homer Simpsons, le paste grandi se non metto un impermeabile rischio il bagno col cioccolato, e i pasticcini con la velocità con cui li mangi senza bere nulla rischi l'apnea, l'embolo, il soffocamento e poi la morte.
Andata per le paste giganti, c'è sempre il mio vecchio accappatoio.

Dopo aver acquistato un vassoio di dolcezza e girovagato un po' per la città tanto per ammazzare il tempo, arrivo sotto casa dei miei con il solito problema di sempre. Il posto!

È una via privata, palazzine in cortina, qualche albero e cento famiglie con circa tre macchine per ognuna. Posti disponibili? Nessuno!

Ho percorso appena adesso il decimo giro del palazzo, al prossimo ho il pit-stop.

Di conseguenza sono costretto a parcheggiare l'auto abbastanza distante da casa per poi arrivare davanti al portone e rimanere immobile alla visione di un tipo che fischiettando sposta l'auto lasciando un posto che nessuno occuperà per parecchie ore. Ma ormai, imprecazione e faccio finta di niente.

Da bambino mi divertivo a chiamare mio padre da un'altra stanza per poi alla sua risposta fare una grossa pernacchia. Quanto gli dava fastidio! Tanto vale farglielo anche ora.

Mentre litigo con il fiocchettino del pacco della pasticceria sento rispondere al citofono, carico tutta l'aria che ho nei polmoni e "prrrr".

"Ma chi sei brutto idiota!".

Emh, ho c'è una terza persona in casa o mio padre ha la raucedine.

È il tipo del piano di sopra che per di più è anche maresciallo dei carabinieri e presosi una pernacchia all'ora di pranzo dopo essersi sicuramente alzato da tavola masticando ancora il bucatino stracolmo di sugo, sicuramente estrarrà la pistola e comincerà a sparare all'impazzata dal balcone.

Ho sbagliato, può succedere dai.

Mi nascondo sotto al porticato ed allungo il braccio spingendo stavolta il pulsante giusto.

"Chi è?".

"Sono io".

"Oh tesoruccio!".

Ha risposto la mamma sicuramente il babbo sta guardando il tg sportivo.

Appena entro la mamma mi abbraccia forte e comincia a baciarmi scapigliandomi tutto.

Mi vuole troppo bene.

Non manca la sua frase:

"Ma mangi? Ti vedo sciupato!".

"Dai che sei fortunato ho preparato la pasta al forno, adesso te ne mangi un bel pezzo!"

Un bel pezzo?

Sicuramente un metro quadrato.

I pranzi con i miei.

Stranamente non mi riempiono di domande come hanno sempre fatto. Anzi a volte incalzo io nel discorso chiedendo a più riprese.

Mio padre e li vicino a me che rimane a fissare la pastorella cercando di capire dove le avessi prese.

La mamma invece spara a raffica cibo. Mangia questo, assaggia questo, mordi questo.

Ma gli voglio bene.

Con lo sbadiglio che incalza vivacemente e lo stomaco che recita il cantico delle creature per via della pasta al forno, mi sdraio su quello che per tanti anni è stato il mio letto.

Come facevo spesso, ho acceso la tele sul canale musicale, ma ad un volume molto basso, in modo da fare da sottofondo ai miei ricordi.

Mi accendo una sigaretta, ha un sapore diverso dal solito. Ne sento tutto il sapore, la gusto intensamente, come quelle sigarette che ti accendi dopo aver bevuto un buon caffè, le fumi, finiscono e non ti sei accorto che l'hai già fumata tutta.

Ne vorresti accendere un'altra perché il gusto ti ha distolto il pensiero e il sapore del caffè ti lascia in bocca una saliva leggermente più densa che fa da richiamo per altre boccate di fumo.

Ma dentro una vocina ti dice no, ti lascia perplesso perché una doppietta potrebbe farti male, e quindi non te l'accendi e rimani dispiaciuto e con la saliva che se non bevi un po' d'acqua comincia a cementare.

Ho iniziato a quattordici anni, bene o male come gran parte dei miei amici.

Mi ricordo quando fumavo di nascosto e spendevo quasi metà della mia paghetta in vigorsol, se fossi stato più grande penso che la vigorsol mi avrebbe fatto maggiore azionista del gruppo. Quella gommina, che automaticamente scivolava nella bocca sotto al portone di casa mentre il cervello faceva migliaia di calcoli e combinazioni, nel tentativo di cercare un posto dove poter nascondere il vizio, era parte di me.

All'inizio ,un po' per i soldi e un po' perché troppe non ne potevo fumare altrimenti tornavo a casa che parlavo come Sandro Ciotti, compravo solamente i pacchetti da dieci, ma a volte non potevo resistere alla tentazione di comprare il pacchetto da venti che mi faceva sentire grande. Ora sono dieci anni che fumo e l'idea che sia molto difficile smettere, un po' mi terrorizza.

Ad un tratto mi ricordo quant'era bello accendersi la siga davanti alle ragazze del gruppo, non eri molto allenato al fumo ma facevi finta di essere già un fumatore incallito per sentirti grande di fronte a loro. Che tempi, poi arrivarono i primi spinelli, le prime canne.

Quelle diciamo che entrarono in modo un po' combattuto nella mia vita, non ne ero molto propenso per tutto quello che si diceva in giro, quello che ti dicono i tuoi, praticamente che si inizia da lì e poi finisci in comunità. Leggende. Col crescere impari a capire bene le cose e ad aggiungere alla lista delle cose quasi impossibili da evitare anche loro: le canne. Un po' perché ti rilassano un po' perché ti sballano, un po' perché non sai che fare e ti rulli una canna.

Io la prima canna la fumai in gita con la scuola in terzo superiore.

Anno 1997 viaggio in una cittadina in provincia di Modena: Carpi.

L'intento della gita e quel poco che riuscivano a fare i due professori accompagnatori, era qualche passeggiatina e brevissime visite in piccoli musei sparsi in un paesino vicino.

Il resto in albergo.

Si perché quei due mattacchioni avevano scelto come hotel, uno che faceva parte di una nota catena di alberghi a quattro stelle. Spettacolare.

 Camere con pay-tv, aria condizionata telefono e frigobar, peccato che la catena degli hotel era la Forte Agip e che e si trovasse sull'autostrada attaccato ad un autogrill. Quindi, o davi inizio ad un accanito e divertente dialogo con un gruppo di camionisti ubriachi o il divertimento era quello delle canne.

Carciofi, elle, baffi e messicani coloravano le serate. I due prof, letto qualche passo della bibbia, entrambi di religione che ti accompagnano in gita e' il massimo dello sbrago, cadevano in trance e dormivano praticamente dalle dieci e per tutti: folle notte!

Io non ne sapevo molto sulle canne, ma non ne ero neanche a digiuno. A casa degli zii avevo intravisto qualcosa nel cassetto di mio cugino. Era come un pezzo di cioccolata, più tardi capii che la cioccolata c'entrava qualcosa, in più i forti odori di zampirone che si sentivano per casa a gennaio destavano un po' di sospetto.

Ma quella sera mi sentivo strano.

Era come se stessi in un film, mi sentivo un po' come quei trafficanti di droga o come quei ragazzi di periferia a bucarsi dentro qualche cortile distrutto di un palazzone ad est della città nella zona più malfamata. Avevo dei flash. Ripensavo ai discorsi di mia madre e mi vedevo già con l'ago nel braccio. Il tutto però e passato quando una compagna mi diede tra le mani quella sigaretta strana che emanava un odore fortissimo,(in un istante ricollegai gli zampironi di mio cugino), il suo ridere divertita e avere un qualcosa di proibito tra le mani, in quell'attimo, mi affascinò tremendamente. Le donne, riescono a farti fare proprio tutto.

Tra di me dissi: "Ma che male c'è", nonostante stessi combattendo mia madre nella testa.

Ma non mi importò nulla.

Provai.

Dopo due tiri e, quel sapore un po' strano che ti prosciugava la bocca non trovai un particolare cambiamento in me. Tutto era come prima.

Cominciai a dubitare sull'effetto di essa.

Mi sbagliavo.

Mentre continuavo a dialogare con quella splendida peccatrice, cominciai ad avvertire un leggero formicolio della testa, gli occhi cominciavano a sbarrarsi ed iniziavo ad avere anche i riflessi come un bradipo. Ma era bello. Mi sentivo come se fossi immerso in una sensazione di quiete. mi piaceva.

Continuai a fumare.

Dopo circa un oretta ero totalmente fatto, ma mi sentivo da dio.

Quella sera strinsi un amicizia che fino ad oggi sembrava inattaccabile.

Le canne.

Si perché la ragazza non la vidi più eccetto qualche volta nei corridoi della scuola o a ricreazione, ma non mi importava, quella sera avevo sfatato un tabù e risolto un mistero che diciamola tutta, un po' mi ossessionava: fumare.

Quel nuovo incontro però non tolse l'attenzione per le ragazze. Si sa, se non cucchi in gita, sei uno sfigato.

Io in quel periodo avevo una cotta mostruosa per Sara, una compagna della classe a fianco.

Era bellissima, l'adoravo. Alta più o meno un metro e settanta occhi verdi e dei lunghi capelli ricci neri che le scivolavano dietro la schiena. Che incanto.

Ma quello che a me faceva impazzire, era che aveva due tette da urlo. Credevo di non aver mai visto delle tette così belle, tutte le volte che parlavo con lei mi sforzavo di non guardarle, ma era praticamente impossibile, lo sguardo andava giù da solo, ma forse lei non se ne accorse mai.

Era la prima notte, e tutti eravamo radunati nel corridoio interamente riservatoci dall'hotel. C'erano tutti, proprio tutti.

Eravamo circa trenta persone, perché praticamente erano due classi: la B, quella di Sara, e la G la mia classe. In quell'istante Tony ruppe il ghiaccio: "Facciamo un carciofo!".

Dicesi carciofo un grosso spinello fatto a forma di ortaggio per via del suo lungo filtro che fa da gambo e due o tre cartine che raccolgono come una sacchetta una quantità industriale di hascish.

Io fece tre tiri. Svenni. Ad un certo punto aprii gli occhi e per un tratto pensai di essere in paradiso.

Due grandi occhioni verdi e un sorriso da farti svenire di nuovo mi dicevano:"Hei come stai? Ti sei ripreso?", era Sara.

Fantastica. Con la voce roca e con la bocca talmente impastata come se avessi mangiato un accappatoio, le risposi "Certo" .

Lei mi prese la mano e mi disse:" Non ti preoccupare succede anche ai migliori, ti andrebbe di fare un giro?".

Ad un tratto intorno a me c'erano George Clooney con tutta l'equipe di E.R. che cercavano di rianimami."Lo stiamo perdendo, lo stiamo perdendo, tuuuuuu".

Sara mi aveva parlato e per di più mi aveva detto quelle cose.

Dopo che George mi aveva sparato nelle vene 100 mg di Torazina(non so che cosa sia, ma lo dicono sempre nei film quando devono rianimare qualcuno) mi alzai, feci un gesto di inchino e arcai il braccio per fare in modo che lei facesse scivolare dentro il suo e uscimmo fuori, nel parcheggio dell'autogrill.

Non era dei più romantici, ma non mi importava, la cosa che volevo di più era lei, ed in quel momento l'avevo.

Continuavo ad essere affascinato da quella rara bellezza. Quel sorriso mi trasportava in un mondo che, fino ad ora, per me era sconosciuto.

Cominciavo anche a sciogliermi. Parlavo in maniera tranquillo, non balbettavo più, stavo acquistando sicurezza.

"Sai e' un po' che ti cercavo, volevo parlarti", mi disse guardandomi intensamente negli occhi.

in un attimo comparvero i primi sintomi: fibrillazione, calore, bocca secca ed altri dei più frequenti sintomi di disagio sentimentale.

"Volevi parlare con me? In merito a cosa?".

Mi stavo sentendo molto fascinoso, se avessi avuto uno specchietto, l'avrei usato per vedere se assomigliavo a Brad Pitt.

"In merito di Luca".

Silenzio.

"Luca?", le risposi attonito.

"Si proprio lui, sai in questo periodo tra noi le cose non vanno molto bene e volevo sapere se magari ti aveva detto qualcosa su di me visto che state in classe insieme non so, qualcosa dai".

Io non riuscivo a credere hai miei occhi, la ragazza di cui ero tremendamente pazzo mi stava sfruttando. In un istante dentro di me scomparve tutto quel fascino e quell'amore che avevo potuto provare per lei, ma non sbottai anzi.

"Perché stavate insieme? Non lo sapevo. E vi siete pure lasciati? Ah... mi dispiace", ero contento per la dipartita.

"Ora Sara scusami ma devo tornare dentro perché non ho le chiavi o quella sottospecie di chiave della camera e devo trovare quell'idiota di Stefano che deve darmele altrimenti le perderà sicuramente".

Lei rimase delusa dalla mia risposta come se si aspettasse qualche informazione che avrebbe potuto farla rifiatare con Luca.

Però, bella scena degna da palcoscenico nell'attirare quel giovane e indifeso fanciullo innamorato per poi avere un solo ed unico scopo: assoldare una spia.

In me in quel momento cambiò qualcosa.

Me ne andai con un mezzo sorriso per averla lasciata li a soffrire, dopo che lei a sua volta aveva fatto soffrire me. Un sorriso sornione e cattivello perché, ripensandoci, chissà quante volte Luca e' stato a parlare con me di Sara insieme ad un paio di sigarette durante il cambio dell'ora. Ed io le ho mentito Un sorriso che presto diventò tristezza, il tempo di rientrare in hotel e scolarmi tutto quello di alcolico che era rimasto in giro per le stanze, e finendo la serata abbracciato al water proprio con quell'idiota di Stefano che mi teneva la fronte ma che era riuscito a non perdere la chiave.

Sono stato molto male per quella sera.

Forse perché sognavo troppo.

Non parlai per circa un mese con Sara, evitandola per i corridoi della scuola. Lei non si rimise con Luca, la sera stessa lo trovò in camera tra le braccia di Marina, la sua amica del cuore.

Tuttora io e Sara siamo ottimi amici, e mi è anche sfiorata più di una volta, l'idea di confessarle tutto, dirle quanto mi piacesse, ma non lo feci mai. Quella sera qualcosa era veramente cambiata.

Una delusione d'amore 16-19 aprile 1997.

L'amore,cos'è l'amore?

Boh, non me lo sono mai chiesto, ho preferito sempre viverlo senza pormi la domanda di cosa fosse. Però a questo punto mi sorge un dubbio: e se non l'avessi mai provato sul serio?

In fondo che ne so io come si fa a riconoscere quando sia un vero amore.

Potrebbe essere quando ti tremano le gambe?

Oppure quando hai le farfalle nello stomaco?

Quando passi ore ed ore davanti all'armadio non sapendo cosa metterti cominciando a prepararti per uscire circa sei ore prima?

O quando ti lasciano e piangi come un disperato perché la tua vita non ha più un senso?

Questi sono sintomi che potrebbero nascondere qualsiasi altra cosa.

Ma l'amore vero e proprio che effetto fa?
Provo su google, c'è tutto li, di sicuro ci sarà una spiegazione anche a questo.

Da piccolo avevo una cotta mostruosa per Katia, la ragazza che abitava al piano sopra al mio.
Tra di noi c'erano circa sette anni di differenza.
Io ne ero innamorato follemente.
Quando prendevo l'ascensore con lei rimanevo letteralmente folgorato al suono della sua voce quando mi diceva puntualmente "Terzo giusto?".
Impazzivo, rimanevo di sasso, impietrito per quei venti secondi di puro imbarazzo che portavano al terzo piano. Fissavo l'orologio facendo il vago come se fosse tardi ed io andavo di corsa. Dove vuoi che andassi? avevo dieci anni!
Lei mi guardava ed io mi scioglievo del tutto alla vista dei suoi occhi su di me.
La notte la sognavo sempre. Era un ossessione. Passavo anche qualche minuto in più al bagno pensando a lei.
Innamorato.
Mi sognavo il matrimonio con lei.
Mi sognavo figli ed una vita fantastica con lei.
L'amavo a tal punto che scrivevo il suo nome ovunque.
Beh, questo è amore sicuramente no?
Qualche mese fa, mi ha invitato a bere un caffè da lei anche per darle un occhiata al suo computer che non andava.
Era in calzoncini, una canottiera nera, i capelli bagnati appena uscita dalla doccia.
Mi sorrideva molto. Un bel sorriso.
Ho preso il caffè, sistemato il computer che aveva un piccolo virus e sono andato via come se niente fosse. Sono uscito a bere una cosa e non l'ho pensata per niente.
Dove è finito tutto l'amore che avevo per lei? Quindici anni fa l'avrei sposata, ora è quasi una sconosciuta.
Incontrandola di nuovo mi chiese anche se passassi nuovamente da lei per un caffè e due chiacchiere.
"Beh quando ho un po' di tempo passo volentieri". Sono passati otto mesi e da fare non ne ho mai avuto molto. Il mio cuore ha voltato le spalle ad un amore così grande?
Già, proprio così e non me ne sono neanche accorto.
Col crescere si capiscono molte cose, o forse ci si scopre sempre più egoisti, e che l'amore in fondo non si sa mai com'è realmente.

"Marta è la più bona della scuola".

Scritto a caratteri cubitali da una mano furtiva con uno spray rosso sul muro della palestra.

Tutti l'adoravano. Tutti la desideravano.

Una bellezza che a quella età è un sogno.

Le medie. Tempo di cotte e di classifiche di bellezza.

Lei era in classe con me. Si scherzava, e si era orgogliosi di essere nella C, mitica classe con la fama di avere il meglio del genere femminile.

Un giorno tornando da scuola un mio compagno mi fermò con la scusa di dovermi dire una cosa importante.

"Senti mi ha detto Marta se vuoi metterti con lei!".

Gli mollai un pugno meritando la punizione di mia madre, dopo che era stata al telefono un ora con la madre di lui che lo tamponava col ghiaccio sul labbro alla Rocky Balboa.

Ma che si ferisce così l'animo di un giovanotto? con un' idiozia simile?

Ma che una come Marta, la più bella, manda un sicario?

E poi, in classe insieme, non avrebbe fatto un passo verso di me facendomi capire qualcosa?

Su siamo seri.

Il giorno seguente lei mi fermò.

"Sai, era parecchio che cercavo di farti capire quanto mi piacessi, ma tu non capivi. Ti guardavo, scherzavo e ridevo con te, ai gruppi studio mi facevo mettere sempre nel tuo, e tu niente. Pensavo che non ti piacessi e per non sentirmi un no ho mandato da te Lorenzo".

Stiamo scherzando? La ragazza più bella della scuola mi stava davanti e per di più mi aveva fatto una dichiarazione d'amore? Non è colpa mia, io pensavo che le piacesse usare il mio kit spaziale di pennarelli fluorescenti, non io.

Dopo un dieci minuti di silenzio dissi il fatidico si come se fossimo alle nozze. "Si, voglio mettermi con te, giurando di rispettarti e onorarti sempre, nella matematica e nell'inglese, finché italiano non ci separi. Può baciare la sposa.

Baciare?

Io non sapevo baciare.

Non avevo mai baciato in vita mia.

Ne avevo visti di baci mozzafiato in televisione, ma non avevo mai avuto la possibilità di mettere in pratica quello che avevo visto.

Mi sudavano le mani. Tremavo. Avevo il cuore che mi batteva forte in gola.

91

Era come se stessi per buttarmi con un elastico da un ponte alto più di cento metri.

Non riuscivo a fare la mossa per avvicinarmi a lei e baciarla.

Però dai, avevo quasi dodici anni, è comprensibile.

E poi dentro di me mi chiedevo, ma lingua come va messa?

Sudavo. Lei mi guardava come qualcuno che stesse aspettando un qualcosa di tanto atteso.

Eravamo l'uno di fronte all'altro. In silenzio. Ci guardavamo entrambi con gli occhi pieni di dolcezza. Una situazione più imbarazzante di quella ci vollero anni prima che ricapitasse.

Non ci riuscivo, dentro di me mi dicevo "adesso lo faccio, adesso lo faccio", e poi niente.

Ormai era qualche minuto che io e lei ci guardavamo in silenzio.

In tutto quel momento io ero solo riuscito a dire un si, e poi taccia per sempre.

Ad un tratto lei si avvicinò al mio petto. I nostri visi erano vicinissimi. Le nostre labbra quasi si sfioravano, io tremavo come un pazzo.

Forse il momento era arrivato, stavo per baciare la mia prima ragazza. Ero al momento giusto, ma.

"Allora, che state facendo? È più di un quarto d'ora che siete usciti, se non vi sbrigate a rientrare voglio i vostri diari sulla mia cattedra!".

La Cassone! La professoressa di tecnica. Proprio sul più bello ha rovinato il momento più fantastico della mia vita. Fummo costretti a rompere quella magica atmosfera restando imbarazzati per il resto della mattinata lanciandoci sguardi rossi come peperoni.

Purtroppo in tasca avevo solamente tremila lire altrimenti avrei comprato un sicario per far uccidere la Cassone. Ma comunque successe. Circa due giorni dopo.

Eravamo a casa del Patata, che ogni tanto s'inventava una festa tanto per aver un po' di ragazze intorno.

Eravamo sul letto in camera della sorella.

Le coperte pulite appena cambiate dalla madre, profumavano intensamente.

Lei mi guardò intensamente negli occhi sorridendomi e trasmettendomi un emozione che non avevo mai provato prima. In quell'istante la baciai.

Fu una cosa meravigliosa.

Le sue labbra erano morbide e sapevano di fragola, poco prima avevamo mangiato del gelato, fu un bacio mozzafiato proprio come quello dei film, ero un esperto.

Ci baciammo per circa mezz'ora senza mai staccarci.

Roba da rimanere senz'aria. E quando ci staccammo non avremmo mai averlo fatto, ci saremmo baciati per un giorno intero.

Quella sera tornai a casa per cena ed a tavola fui una sorta di pupazzo immobile con un sorriso stampato sulla faccia. Avevo baciato la mia prima ragazza.

Avevo provato per la prima volta una delle più grande sensazioni dell'amore.

Marta mi lasciò dopo due settimane, si affascinò di Marco, più grande, motorino, sigaretta e ciuffo ribelle. Non resistette a quel fascino lasciandomi solo come un cane.

Stetti molto male.

Ma cominciavo a crescere.

Il mio primo bacio 21 febbraio 1992

"Ehi, sono le sei svegliati".

"Mamma che devo fare alle sei di mattina, lasciami dormire".

"Guarda che sono le sei di pomeriggio".

Per un istante mi è sembrato di essere tornato indietro. Come se fossi ai tempi di scuola, quando la mamma alle sette mi veniva a svegliare inebriando la stanza col profumo del latte caldo e del ciambellone al cioccolato.

Ho dimenticato di essere cresciuto e perfino di non vivere più con loro.

"Ah, le sei!".

"Ti preparo un caffè cosi ti svegli", mi accarezza la fronte.

Fatta mente locale e più che altro presa visione dell'epoca in cui mi trovo, mi alzo e capisco che devo andar via altrimenti sono sicuro che scoppierò a piangere.

Mi sciacquo il viso velocemente, bevo il caffè in un colpo ustionandomi tutto l'apparato gastrointestinale, un bacio e una tirate di guance alla mamma e scappo via.

Via da tutti quei ricordi che mi fanno essere triste.

E poi perché dovrebbero farmi essere triste?

È la mia vita. Però e come se quei periodi fossero una felicità che ora non potrei più avere.

Patetico come sempre.

Come se il mio stato d'animo attuale facesse in modo di sentire dentro di me una grossa mancanza per poter ricordare tutto senza il pensiero che io non riesca più a rivivere momenti di innocente felicità come allora.

Si dice che tutta la vita ruoti intorno alla felicità, beh c'ero arrivato anche io ed ora comincio ad essere anche stufo a vederla inchiodata.

20. Rum e cola

In attesa che il forno cuocesse l'ennesima pizza surgelata leggo su una rivista che in Bolivia, su un altipiano di quattromila metri esiste un hotel fatto interamente di sale.

Pareti di sale, sedie di sale, letti di sale. Sai che sete! Che strano, speriamo che almeno le bevande che servono siano dolci.

Stasera voglio uscire.

Voglio bere una cosa ed interagire con il mondo.

Destinazione: centro.

Bisogna chiamare il Francesco per organizzare la serata. Sicuramente quando sentirà che voglio uscire rimarrà esterrefatto e comincerà a chiamare mezzo mondo come se dovessimo festeggiare il mio ritorno da un anno in Vietnam.

E così è stato.

Al telefono comincia a fare: "Allora bello un attimo che chiamo Serena, Lucia, Sara, Marta, Mirko, Luca, Alessio…".

È terribile, nonostante il mio modo di vivere ora, non smette un attimo di prendersi cura di me.

Sempre pronto sull'attenti quando chiamo e sempre disposto in tutto e per tutto per farmi fare un sorriso. Fosse donna l'avrei sposato da un pezzo.

Appuntamento alle undici al bar per il check point con los amigos.

Dovrò fare un entrata spettacolare perché ci sarà gente che veramente è più di un anno che non mi vede.

Cerco di vestirmi carino. Quanto possa riuscirci.

Metto su un po' di gel e sono pronto.

Nel tragitto in macchina per arrivare al bar mi sale un leggera ansia. Forse non sono ancora pronto per passare una serata insieme a tutti.

Ma non posso neanche inserire la retromarcia e tornare a casa.

Comincio a fare dell'iperventilazione per sciogliere i muscoli e calmare l'ansia. Il cuore mi batte forte in gola.

Trovo parcheggio e scendo dalla macchina sperando che Francesco non sia ancora arrivato per evitare una figura di merda che sicuramente mi farà fare.

Neanche a dirlo.

"Allora al mio tre standing ovation per la nostra star che dopo tanto tempo torna a calcare questo palcoscenico!".

Sapevo che l'avrebbe fatto.

In un istante tutti si girano verso di me e cominciano a strillare applaudendo all'unisono neanche fossi il vincitore dell'oscar e stessi andando fino al palco per ritirare la statuetta d'oro.

"Guarda chi si vede, ma che fine hai fatto? Allora sei vivo!".

Cerco di mantenere la calma e saluto tutti.

Poi cerco di liquidarli con un offro il caffè a tutti. Meglio pagare mille euro di bar che sopportare ancora quella folla inferocita su di me.

"Allora quanti caffè?", ad alta voce si presenta il barista.

"14, anzi no 15 e tutti al vetro".

"Sì, e dove li prendo quindici bicchierini?",risponde scocciato il barista.

Sempre fine come se fosse uscito da un prestigioso college.

"Ok allora puoi farli a rate"

Mentre allungo la mano per prendere una bustina di zucchero sento un pizzico sulla schiena.

"Ehilà straniero!", la riconosco quella voce.

"Buonasera Giuly".

"Non saranno circa vent'anni che mi chiami cosi?".

"Vuoi che smetto ora?"

"Nient'affatto, mi è sempre piaciuto come lo dici!".

Non pensavo ci fosse anche Giulia, sapevo che era fidanzata e non usciva con gli altri, poi al negozio di dischi non è che parlavamo molto.

"Com'è stasera ti sei deciso di uscire con noi poveri mortali?".

"Ehi Giuly, rock and roll, anch'io sono un povero mortale!".

"Ma dai, senti il cd com'era?".

"Beh non conoscevo il gruppo".

"Aspetta, dagli un voto da zero a dieci!".

"Un voto da zero a dieci?".

"Si, sai contare? Guarda è semplice, se vuoi aiutati con le dita".

"Wow, fai cabaret stasera?".

"Dai, un voto".

"Beh. fammi pensare…otto!".

95

"Ti sei tenuto un po' stretto!".

"Beh quando l'avrò ascoltato tutto forse sarà più alto"

"Ma tu guarda neanche l'hai ascoltato!".

"Già, però mi fido di te".

Sono passati vent'anni da quando giocavamo al parchetto vicino casa con i nonni, e ricordo ancora perfettamente il vestitino che indossava: rosso con la faccia di Minnie stampata in mezzo al petto che mandava un bacio al suo Topolino. Avevo sempre desiderato essere Topolino proprio per far parte di quel vestitino e stare lì nel suo petto per essere nel suo cuore. La mia amica del cuore.

Pensare che a nove anni facemmo anche il patto di sangue in modo che la nostra amicizia rimanesse eterna. Con un rametto ci sbucciammo le manine facendo uscire un po' di sangue e con le lacrime agli occhi perché nessuno dei due sopportava il dolore, ci tenemmo stretti la mano giurandoci amicizia per sempre. Poi corremmo dai genitori raccontandogli che eravamo caduti ed avevamo bisogno di cure, e mentre loro ci disinfettavano le ferite noi ci stringemmo in uno sguardo profondo ed intenso per quello che avevamo fatto. Non avevo mai visto una persona negli occhi così intensamente, avevo solo nove anni, ma non credo di aver trovato poi in futuro uno sguardo cosi intenso.

"Allora gruppo di mendicanti di follia pura, stasera la serata ve l'ho organizzata io".

Sai che bello. Francesco organizzatore, chissà in che posto andremo a finire.

Mentre sto per salire in macchina mi fermo un istante per accendermi una sigaretta ma noto che non ho l'accendino, deve essere rimasto sul bancone del bar quando ho poggiato le mie cose per prendere il caffè.

Faccio una corsa, ma quando entro vedo che sul bancone non c'è nulla.

"Fulvio che per caso hai visto un accendino sul bancone?".

"Bello mio te l'hanno fregato! E poi dai un accendino che sarà mai, io li vendo ad un euro!".

"Non fa niente grazie".

Magari chiunque penserebbe "dai per un accendino", ma per me era importante. L'avevo comprato a Londra un paio di anni fa, era uno di quelli ricaricabili con impresso sopra il simbolo della metropolitana di Londra, comunissimo come accendino, se ne trovano a migliaia anche qui in Italia, ma quello mi aveva accompagnato per il viaggio londinese, era resistito per quattro giorni ad Amsterdam, e non è poco, e poi era riuscito a sottrarsi dalle mani di quegli avvoltoi dei miei amici che non fanno altro che rubare accendini.

Sono nervosissimo, salgo in macchina che sbuffo tant'è che Francesco mi guarda ed esclama: "Cominciamo bene questa serata, mi sembrava che eri troppo tranquillo!".

Avendo Francesco in macchina, dovevo anche fare da capo fila, e poi il gruppo è molto famoso per le sue uscite: 20 persone, 10 macchine. Risultato: Delirio!

Per la serata, quel tipo con i capelli più strani dell'universo che litiga con l'accendino per stappare un birra seduto al mio fianco, mi ha confidato che il posto che ha scelto si trova un po' fuori città, circa una quindicina di chilometri e che la musica è interamente House e Tribale. Io Odio quella musica!

Ma il problema non sorge, dopo appena mezz'ora che siamo arrivati, sono gia tutti ubriachi che ballano come deficienti in mezzo alla pista rischiando la rissa delle risse con tutta l'altra gente del locale. D'altronde che mi potevo aspettare da un serata organizzata da Francesco.

Io è un po' che sono seduto in un angolo su uno sgabello, sguardo perso fissato verso il vuoto e un bicchiere con due dita di un rum veramente schifoso. In più un ministro ci ha da poco vietato di fumare nei locali, va bene tanto non avevo l'accendino e non sarei neanche andato a chiedere da accendere a qualcuno. Non ho voglia di rivolgere la parola a nessuno.

Guardo l'orologio che segna l'una e mezza. Il vocalist continua imperterrito ad urlare al microfono la solita e demente frase di tutti i vocalist delle discoteche d'Italia: "chi non alza le mani non scopa domani!". E basta con questa storia! Basta non se ne può più. Io le ho sempre alzate ma...

Francesco ormai è fuori dall'alcol, quindi se fuggo via e lui torna a casa con qualcun altro sarebbe la stessa cosa. Quindi mi alzo e vado via, senza salutare nessuno a parte Sandro e Rachele che sono spiaccicati sul muro vicino ai bagni a limonare come due ragazzini. Uno è fidanzato da cinque anni, l'altra ha appena preso il mutuo con il suo ragazzo ma nonostante tutto continuano a scambiarsi passione tutte le volte che escono insieme al gruppo. Mah. Contenti loro.

Fuori fa abbastanza freddo, entro in macchina accendendo subito l'aria per cercare di spannare i vetri e finalmente posso accendermi una sigaretta, ma con l'accendisigari.

Tiro giù il finestrino, sopporto un po' il freddo piuttosto che una chiusa di tabacco.

Da bravo automobilista, inserisco la freccia per uscire dal parcheggio. Ma...

"Ehi straniero te ne vai senza salutarmi?".

Fermo la macchina.

"Stai andando via sul serio senza salutarmi, lo sai che questa non te la faccio passare!".

"Ehi Giulia, sono stanco".

"Balle!! Inventane un'altra, e poi mi hai chiamato Giulia!".

"E' che mi sono rotto, sono tutti ubriachi".

"Il rum faceva schifo, vero straniero?".

"Già faceva proprio schifo", le sorrido.

"Mi dai uno strappo?".

"Vuoi andar via anche tu?".

"Beh, vorrei un bicchiere di buon rum che ne dici?".

Sarebbe a dire che vorrebbe stare un po' con me. Non ho voglia di parlare. Beh Giulia la conosco praticamente da quando sono nato, ma questa sera per il resto del mondo ho dato abbastanza.

"Giuly io volevo andare a dormire".

"Tanto non dormi, ce l'hai il rum a casa?".

"Si perché?".

"Vamos".

Non sono stato poi così di polso.

"Ho capito, tanto è inutile contraddirti".

In macchina è frenetica. Apre e chiude il finestrino. Fa uno zapping furioso con lo stereo e ogni tanto mi da un pugno sulla spalla dicendomi: "allora? Come butta?".

Averla con me in macchina un po' mi fa piacere. La conosco da sempre. Mi viene da ridere perché in testa mi vengono tanti flash di tutto quello che si è combinato insieme.

Lei si gira verso di me.

"Ma che ridi da solo?",curiosa continua a guardarmi.

"No è che mi sono venute in mente certe cose che mi fanno ridere".

"non è che mi pigli per il culo?".

"Ma dai. Sono solo cose che mi fanno ridere".

"Sicuro?".

"Certo".

Ma non riesco a fermarmi dal ridere.

"Ale se mi stai prendendo in giro, guarda che...".

"Oh, ma che hai la coda di paglia?".

"No, è che non me la racconti giusta tu".

"Giuro!".

"Non giurare che ti cadono le orecchie".

"Scusa, ma che proverbio è questo?".

"E che ne so, mi è venuto ora".

"Beh, risparmiateli dai".

"Oh senti, morettino. Ma se invece delle orecchie ti cascasse un'altra cosa?".

"No Giuly quello no!".

"Allora dimmi perché ridi!".

"Non c'entri tu tranquilla, fidati, Letizia!".

"Brutto bastardo, lo vedi", irrigidendosi al semplice udire di quel nome.

E comincia a tirarmi pugni a raffica, tant'è che devo accostare o le piglio di brutto.

"Stronzo!".

"Dai Giuly scherzavo, è che mi è venuto in mente non so come e non smettevo di ridere".

Quanto s'arrabbia.

Quel nome lo odia, al punto che quando gli presentano una ragazza o magari la fidanzata di qualche amico, solo alla parola "piacere Letizia" lei va su tutte le furie e diventa acida.

Alle superiori Giulia si era invaghita di un ragazzo del quinto.

Lo considerava un mito.

Se avesse potuto avrebbe attaccato il suo poster nella sua camera.

Dopo tempo che lei lo guardava, lui si accorse finalmente della sua spasimante.

Giulia era in visibilio. Non stava nella pelle.

Lui le aveva detto che finiti gli esami sarebbero usciti una sera insieme.

E così fu.

Una serata indimenticabile. Lei tornò a casa all'una di notte e mi chiamò subito per raccontarmi tutto.

Si erano anche quasi baciati, su quel quasi non gli ho più chiesto spiegazioni.

La mattina seguente, lei aveva raccontato tutto alle sue amiche. Voleva fare un figurone. Tutte le amiche la deridevano, incredule al suo racconto.

Ma poi arrivò lui. Passò davanti a quel gruppetto di ragazze con al centro lei.

Lui rallentò, la fissò intensamente, le sorrise e poi: "Ciao Letizia".

Aveva sbagliato il nome, e davanti a tutti.

Lei pianse per tre giorni, io risi per tre mesi.

Non lo vide più, anche perché appena diplomato aveva parecchio da fare.

Lei ci mise un po' a farsela passare quella vicenda, non di certo aiutata da me..

"Ohi, facciamo pace?".

"No".

"E perché?".

"Perché sei uno stronzo!".

"Come? Guarda quella faccia di bronzo?".

"No! Stronzo, ho detto proprio stronzo".

"Ho capito!".

"Beh, ora mi sono sfogata, grazie per avermi fatto ricordare i miei dolori giovanili".

"Di niente.. figurati quando vuoi".

"Certo bambolino!".

"No, questo è un colpo basso Giuly, non ti permetto, lo sai quanto soffrivo quando la mamma mi ci chiamava davanti a tutti!".

"bambolino, bambolino,bambolino, ah ah ah".

E così per tutto il tempo che siamo stati in macchina.

Non abbiamo smesso un attimo di prenderci in giro.

Ma tra tanti ricordi e delusioni, abbiamo riso, e quanto.

"Dio quant'è che non mettevo piede a casa tua!".

"Saranno cinque anni?".

"Giuly qui non ci sei mai venuta, è casa nuova, vivo da solo".

"Dai? Ecco perché tutto mi sembrava diverso".

E' troppo buffa quando ci si mette.

"Poi anche se fosse di tempo ne è passato anche perchè sei tu che sei andata a vivere a Madrid e ti sei sposata".

"Sposata? Convivevo! Ed era una cosetta così, mi divertivo in Spagna, e poi ti ho anche invitato un sacco di volte a venirmi a trovare e tu invece ci stai venti giorni a Madrid e neanche passi a salutarmi!".

"Chi te l'ha detto che sono stato a Madrid?".

"Eh, non vorrai mica che io sia una spia?".

"Dai dimmelo Giuly, posso spiegarti".

"Non devi spiegarmi nulla, tranquillo".

Non riesco a capire come abbia fatto a sapere che ero a Madrid. Non lo sapeva nessuno tranne i miei e Francesco, che d'altronde era con me.

"Va bene che rum vuoi?".

"Perché ne hai più di uno?".

"Beh sì".

"Ah, gli diamo giù in questo periodo".

"No, è che c'era un offerta al supermercato e ne ho presi più di uno".

"Ma quante balle dici straniero".

"Ma si può sapere perché mi chiami sempre straniero?".

"Lo vuoi proprio sapere?".

"Beh direi".

"Perché non sei nel tuo mondo".

"Come non sono nel mio mondo?".

"Dai su guardati un po', hai sempre lo sguardo perso, lavori pochissimo, fai scorta di film senza senso quando tu eri uno che spaccava per il cinema, bevi rum da solo a casa e non ascolti neanche più la musica che ti piace, ho sbagliato qualcosa?".

"Beh no, è un periodo un po' così, ma ti prego non cominciare a chiedere, che ti è successo, che hai fatto, come stai, perché non ho voglia di parlarne chiaro?"

"Ah dimenticavo, sei anche molto nervoso!".

"Uffa".

"Non ti preoccupare non ti chiedo nulla".

"Ghiaccio?".

"No, Liscio grazie".

"Sai parto per Londra tra una settimana!".

"Giulia in London e com'è? Tutto di un tratto ti piace il cambio della guarda di Buckingham Palace?".

"No. Ho trovato un lavoro in una casa discografica e mi trasferisco lì".

Non so perché ma quella era la risposta che mai di più non avrei voluto sentirmi dire.

Non lo so perché, eppure lei è stata tre anni a Madrid ed io non ci ho fatto caso. Non la vedevo da qualche mese fino adesso e non mi ha fatto niente, ma in questo momento non lo so questa cosa mi sprigiona una tristezza enorme dentro di me.

"Che ti dispiace, non credo giusto?".

"A me dispiace? Figurati Giuly, non ti penserò per niente!".

"Che stronzo! E poi tu mi pensi quando nemmeno te lo immagini!".

Quel sorriso, quante volte l'ho visto. La mia amica del cuore. Ora anche lei se ne va, ed io rimango sempre più solo. Dai su comincia a piangere no, versa litri e litri di lacrime, deprimiti no? Che frustrato patetico di merda che sono.

"Ohi straniero, domani è l'ultima domenica del mese ed il negozio è aperto, domattina il gallo canta presto per me".

"Ah vai via?".

"E già, grazie per il rum, oh. Ascolta il cd!".

"Lo farò promesso!", le sorrido dolcemente.

"Bacio buonanotte".

Il rumore di lei che scende per le scale mi rende malinconico, in casa c'è di nuovo tanto silenzio.

Ed in questo momento quel silenzio diventa veramente insopportabile.

Mi avvicino alla finestra e vedo lei che esce dal portone.

Il vento le muove i capelli, ad un tratto alza la testa, come se sapesse che io fossi alla finestra.

I nostri occhi per un istante si incrociano, come accadeva tanto tempo fa, e poi mi fa un sorriso portandosi la mano alla fronte come il saluto dei militari.

La mia amica del cuore..

Mi sento strano, non avrei mai pensato che Giulia sarebbe venuta da me, se lo avessi saputo avrei fatto un po' d'ordine, spazzato un po', cambiato gli asciugamani del bagno, anche se non è andata in bagno. Tornando in salotto noto che il suo bicchiere non è stato toccato per niente, forse il rum non era buono? Ma non l'ha neanche assaggiato, non ricordo di averla vista portarsi il bicchiere alle labbra, o forse perché non gli importava e voleva solo stare un po' con me?

Mah, adesso cominciano le paranoie mentali che faccio di solito.

Vado a letto, forse è meglio dormire.

Mentre mi avvicino all'interruttore per spegnere la luce, rimango immobile.

Li, vicino al cd che ho preso da Giuly l'altro giorno c'è il mio accendino, allora non l'avevo perso, aspetta, però ho acceso una sigaretta prima di arrivare al bar stasera e poi ricordo perfettamente di averlo posato sul bancone. Ma. "Mi pensi quando nemmeno te lo immagini".

L'ha messo lei li.

Giulia.

21 Sweet sunday

"Ma si può sapere chi è? Dio mio se solo è qualcuno che si è sbagliato giuro che trovo l'indirizzo e lo vado ad uccidere". D'altronde i miei non possono essere sanno che dormo, per lavoro hanno il cellulare che per di più è sempre spento, Francesco sa che rischia la vita con una cosa del genere, ma chi può essere.

"Pronto?".

"Pronto?".

"Prontooo?".

"Nervosetto la mattina!".

"Ma chi è?".

"Buongiorno anche a te straniero!".

"Oh. Merda! Giuly, scusa, è che dormivo, poi nessuno rispondeva, mi sono alzato, non avevo il tel vicino, beh insomma penso che hai capito".

"Figurati. Sono le nove e mezza, che facciamo? Forza adesso ti alzi, ti fai una doccia e ti lavi i denti".

"Ma è presto!".

"Su, forza".

"Ok vado a farmi un caffè".

"No, non farlo lo bevi insieme a me quando me lo porti al negozio, logicamente insieme ad un cornetto con la nutella, io adoro la nutella. Ah, dimenticavo, lo sai che hai una voce molto sexy appena sveglio?".

"Giuly io appena ti vedo ti strangolo".

"Ah, non mi dai un bacio come è solito fare?".

"No, ti do una testata!"

"Beh, pensavo peggio, in fondo ti sei fidato che erano le nove e mezza, quando sono appena le otto e mezza ed io devo ancora vestirmi! Te l'ho fatta straniero! Non dimenticare la nutella!".

"Giuly io t'ammazz…".

Ha già attaccato.

Ma tu guarda te che mi tocca sopportare.

Le otto e mezza. Ma dormivo così bene.

Ad un tratto mi fermo, è molto strano stavo dormendo bene e più che altro non sono per niente nervoso per quello che mi è appena successo.

Ma, meglio non pensarci.

Faccio una doccia.

Si dice che il buongiorno si vede dal mattino, beh a me mi hanno appena strappato dalla braccia di Morfeo ed esplicitamente vietato di bere un caffè appena sveglio.

Tiro su la serranda per fare entrare un po' di luce in una stanza ancora inebriata dall'oscurità.

Però.

Niente male stamattina.

Un sole caldo, smentito poi da una brina argentata e un vento vivace rendono la visione dalla finestra quasi sul surreale. Rimango per una decina di minuti affacciato alla finestra, fregandomi del freddo e cercando di respirare a pieni polmoni e ascoltando la città che si è svegliata.

Stamattina ci vuole qualcosa di pesante: *Nirvana*!

Non appena accendo il telefono c'è un sms di Francesco: *Ohi bello, ci siamo spaccati ieri sera è? Quando vuoi ripetere fammi sapere"*

Incredibile. Per quanto era fuori è convinto che io mi sia divertito e sia rimasto a ballare con lui fino alla chiusura.

Beh,reggo il gioco.

Io non è che sia veramente amante del dolce.

Beh, la mattina indubbiamente è quello che ci serve per accompagnare un cappuccino o un caffè, ma non vado pazzo per i cornetti, poi anche perché a me non piace la marmellata e di conseguenza devo optare per nutella, cioccolata o via dicendo, perché quello semplice di cornetto, lo vedo più come tappo per lo stomaco.

Viva il salato! Ma a colazione desta un po' di dubbi.

Una volta quando ero a Londra, alle otto del mattino ho provato a fare la colazione londinese:

bacon, uova, fagioli, cipolle, pane tostato con burro, salsicce tutto guarnito con la loro orange juice, la nostra più comune spremuta d'arancia.

Beh non so loro o chiunque di noi italiani l'abbia provata, ma il mio intestino ancora non mi rivolge la parola da quella mattina.

Incazzato!

"Salve, vorrei un cornetto alla nutella di quelli grandi, un tramezzino tonno e pomodoro, un succo d'arancia e due caffè, tutto a portar via".
La barista sgrana gli occhi quando mi vede.
Non è abituata a vedermi così presto al bar e per di più con un umore abbastanza tranquillo.
Beh, che ci posso fare. La prima volta c'è per tutti.
Pensare che mi serviva proprio Giuly per questo!
Uscendo dal bar a mo di equilibrista per via del succo d'arancia e dei due caffè, mi accorgo che nemmeno fatti due metri, la busta con il cornetto imbottito ha trasudato di nutella dalla busta finendo direttamente sul mio giacchetto color grigio. Risultato: grande effetto visivo tra l'impressionistico e uno spatolato veneziano.
Il negozio di dischi è praticamente deserto.
Da fuori non riesco a vedere se il proprietario è in giro, dato che la sedia dove abitualmente si addormenta è vuota rivolta verso il muro.
Ma riesco a scorgere lei.
Appoggiata sui gomiti che legge qualcosa di interessante visto il suo sguardo sorridente, mentre si lascia passare tra il labbro superiore ed il naso un matita colorata.
"Buongiorno! Servizio a domicilio. Ecco la sua colazione".
"Non ci posso credere, aspetta che ti faccio una foto. Questo è un momento impedibile!"
Per un attimo i nostri occhi si incrociano nuovamente, e da dietro la schiena mi sale un brivido che mi rende come se fossi sugli attenti.
"Allora, qui c'è il cornetto stracolmo di nutella, scusa quasi stracolmo perché un po' è sul mio giacchetto. Poi c'è il caffè che dovrebbe essere ancora caldo".
"Grazie, sono commossa. E li che c'è?""
"Ah, io mi sono preso un tramezzino, poi c'è del succo d'arancia".
"Mi hai preso anche il succo d'arancia? Mi sento un cane che ti ho svegliato così presto stamattina!".
"Il succo d'arancia? Beh, ti fa bene, sono vitamine".
Dannazione, ora devo mangiare il tramezzino con il caffè, sai che schifo!".
La mattina è corsa via velocemente, non me ne sono neanche accorto.
Il proprietario non c'era, siamo stati soli. Abbiamo ascoltato tanta musica, tutta quella che piace a lei, che poi è anche quella che piace a me. Abbiamo giocato ad indovinare le copertine dei cd, ha vinto lei 15 a 14, ma l'ho fatta

vincere, e poi ci siamo messi a raccontare di quello che combinavano insieme, prima che ci perdessimo un po' di vista.

Ma, è domenica e i miei mi aspettano per pranzo.

"Ohi Giuly io devo andare".

"Vai via? Beh, io chiudo e penso di andare a casa, non so guarderò un film o qualcos'altro".

"Senti, perché non vieni con me?".

"No, non voglio essere d'intralcio".

"Ma che d'intralcio, dai, ti conosco da un secolo, e poi è un pranzo fantastico".

"No dai, magari sei con della gente, a me non è che va molto di stare in pubblico, ti guardano, chiedono, bisbigliano".

"Ehi, Giuly, stiamo parlando di un vecchietto che di sicuro dopo pranzo si incollerà al divano per vedere la sua squadra, e di una vecchietta che ci terrà come nel grande fratello per vedere se mangiamo tutto!".

"I tuoi!".

"Allora?".

"Andata!".

Mio padre e mia madre è un pezzo che non vedono Giuly, da quando lei è partita per Madrid, e anche se lei ogni tre settimane tornava in Italia, visto che il suo ragazzo non le faceva pagare il volo perché lavorare al servizio viaggi di una nota società, non hanno avuto modo di verla spesso.

Mi ricordo da bambino il pomeriggio eravamo insieme a casa mia, ma alle cinque arrivava l'ora della partita a calcio con gli amici sotto casa. Una vera sfida molto street.

Lei, mentre io ero giù a giocare, rimaneva con mia madre a tifare per me dalla finestra, ed ogni volta che toccavo il pallone cominciava ad urlare il mio nome.

Poi lei adorava preparare il ciambellone con mia madre, impiastrandosi fino ai capelli di farina e con le mani tutte appiccicose che non vedeva l'ora di spalmarle sulle mie guance appena tornavo su dalla partita.

Facevamo i compiti insieme ed avevamo persino lo stesso astuccio per i colori e le matite, lei rosso, io blu.

A volte fingevamo di fare i compiti, e ci guardavamo dei film. La cosa strana è che a nessuno dei due piaceva guardare i cartoni animati, strano per due ragazzini di otto anni.

Guardavamo Rocky, Rambo, film horror, film d'azione, Arma letale, Zombie, vampiri, insomma niente a che fare con ciò che normalmente vedevano i ragazzini.

Ma in compenso imparavamo molto.

Un giorno abbiamo visto *Riscky Business*, quello dove Tom Cruise diventa manager di squillo a soli diciassette anni e riesce a guadagnare 200.000 dollari con una notte. Beh non vi dico cosa possa essere uscito dai nostri cervelli dopo la visione di quella pellicola. Avevamo otto anni.

Chi trova un amico trova un tesoro. Da bambino associavo sempre questa frase a Giulia.

"Chi è?".

"Mamma sono io, sono con un'amica".

Non so perché ma mi viene da ridere all'idea di quando usciremo dall'ascensore e mia madre pronta ad aspettarmi con la porta aperta vedrà Giulia.

"Oh, ma non è che i tuoi s'incazzano?".

"Ma chi? Stai scherzando? Ti conoscono da una vita!".

"Allora come sta il mio piccolo ometto?".

Incredibile, ho venticinque anni ed ancora continua a chiamarmi così e poi sapeva che ero con una persona, bella figura di merda!

Sento Giuly che comincia a ridere, è dietro di me mia madre ancora non la vista.

"Salve signora come sta?".

"E tu che ci fai qui? Quant'è che non ti vedevo, fatti abbracciare".

"Signora la trovo benissimo, gli anni per lei non passano mai!".

E brava Giulia arruffianati la mamma così almeno oggi mi lascerà un po' tranquillo.

"Carlo corri vieni a vedere qui chi c'è!".

Mi giro verso di lei, sorridendo le do una botta sul con il gomito sul fianco.

"Affari tuoi ora!".

A dir vero pensavo peggio. Dopo circa mezz'ora di interrogatorio dei miei a Giulia su cosa avesse fatto questo tempo, è uscito fuori anche un pranzetto veramente divertente.

Non respiravo un aria così dolce e radiosa a tavola con i miei che quasi mi veniva da piangere.

Lei è stata impressionante, ha tenuto testa meravigliosamente ai miei e non ha perso per un attimo il controllo, ridendo e sorridendo sempre come se si trovasse a suo agio.

I miei l'hanno sempre adorata chiedendomi più volte se fosse la donna giusta per me.

Giuly è Giuly, gli voglio troppo bene e non ho mai pensato a noi due in un altro senso.

Logicamente dopo il caffè le due donne si riuniscono in uno scambio di pettegolezzi da far sembrare un giornale scandalistico Famiglia Cristiana.

Io e mio padre, bicchierino di limoncello tra le mani, sintonizzati sul canale delle partite a discutere come al solito. Beh un laziale come lui con un romanista come me.

Sembra una di quelle domeniche di festa, dove tutti si è felici e contenti e si ha voglia che la giornata non passi mai.

Purtroppo il tempo va e viene e dopo vari tentativi di un "rimanete a cena" di mia madre, dobbiamo andare via.

Salutati i miei nell'ascensore lei mi ha guardato e senza parlare mi ha fatto un sorriso accarezzandomi la mano.

Dentro di me ho sentito come un senso di puro benessere, come se in quell'istante non mi sentissi come tutte le altre volte quando uscivo da casa dei miei per tornare a casa mia.

I miei respiri sono più lunghi, a tratti addirittura mi formicolano le gambe, non ho neanche voglia di fumarmi una sigaretta come di solito faccio sempre quando esco dal portone.

Lei continua ad essere sorridente e si ferma un istante alzando la testa per salutare i miei che in finestra ci vedono andar via.

Però che bella giornata.

Se lei non mi avesse svegliato questa mattina, sarei rimasto a dormire fino a tardi, non andando a pranzo dai miei e finendo per rimanere chiuso in casa tutto il pomeriggio ad uccidermi di pensieri, paranoie e depressione.

Certo è proprio strano come una giornata che nemmeno te l'aspetti possa esistere, ad un tratto si materializza e ti rende fantasticamente felice.

Forse devo dire grazie a Giuly, forse devo dire grazie ai miei che ci hanno fatto stare benissimo, o forse devo dire grazie a me che quando voglio credo veramente che qualcosa di bello esiste.

La settimana sta per finire e tra poco ne inizierà una nuova, sono all'oscuro di quello che potrà accadere, ma sono fiducioso, e già, comincio ad essere fiducioso.

Torno a casa che non è cambiato nulla, in fondo non ho risolto i miei problemi, non mi hanno offerto una nuova vita, non ho cambiato il mondo, ma mi viene da ridere.

22. Drum n' bass

Room Raiders, un programma sul canale musicale, dove dei ragazzi fanno una sorta di appuntamento al buio dopo aver ispezionato le loro stanze da letto. Pazzesco.

Non so neanche perché lo sto guardando. Sono sdraiato sul letto, la cenere della sigaretta che ormai sta per cadere e lo sguardo perso nella tele veramente poco interessato alla visione. Venissero a vedere la mia di stanza, non penso che vorrebbero uscire con me.

Da quando vivo solo, non c'è più il pensiero di mia madre che, di continuo, mi dice nelle orecchie di pulire la mia stanza. Beh forse, a volte era necessaria quella predica, la mia stanza ora è un delirio. Basta che sistemo la cucina e il salotto quando c'è la possibilità che venga qualcuno e sono a posto, non curandomi del fatto che magari si possa finire in camera ed essere inondati da una pioggia di calzini e magliette sporche da rimanerne sotterrato.

Non mi sento un granché bene, come al solito sono solo in casa che non so dove sbattere la testa, non so che fare, sono annoiato e nervoso, e forse è ora che io esca altrimenti finisce male.

Sono anche un po' di giorni che il Francesco non si fa sentire, chissà cosa gli è successo. Ho provato a chiamarlo ma il suo cellulare è sempre spento, in più c'è Max che continua a lasciarmi messaggi in segreteria per dirmi se sono ancora vivo e più che altro sono ancora intenzionato alla radio.

Effettivamente in questi giorni non è che ho pensato molto alla radio, è come se qualcosa mi occupasse fortemente il cervello, controllando le mie emozioni e i miei stati d'animo. Ma non riesco a capire cosa. Non è per niente chiara. Sento che dentro di me effettivamente c'è qualcosa ma non riesco a mettere a fuoco per distinguerla.

Mentre sto per mettermi la giacca, squilla il telefono di casa.

"Si pronto?".

"Pronto?".

"Prontooooo?".

"Ma che caz... Cos'è non ti piace la mia voce, vorresti sentire qualcun altro? Pronto?".

"Salve qui è la clinica psichiatrica, abbiamo rivisto la sua cartella clinica e forse sarebbe il caso che lei tornasse da noi per un controllo".

"Giuly! Sono sempre fermo sulla mia idea di strangolarti!".

"Ciao straniero. Come stai?".

"Perché poi la clinica psichiatrica?".

"Ti sei sentito quando rispondi al telefono?".

"E tu stai in silenzio!".

"Dai, sei vestito?".

"Si perché?".

"Passami a prendere sono a casa ti porto in un posto, è una sorpresa!".

"Dove?".

"Straniero sai il significato di sorpresa? Aspetta ti faccio lo spelling: S O R P R E S A, capito?".

"Ok passo tra dieci minuti, ci prendiamo il caffè?".

"Ma certo ti aspetto, ciao".

Con la macchina abbiamo fatto molti chilometri.

" Mi dici dove stiamo andando è un ora che stiamo in macchina!".

"Non ti preoccupare, stai tranquillo".

"Tranquillo ha fatto una grande fine".

"Davvero? E come?".

"Dai Giuly, quanto manca?".

"Ma quante domande fai? Come sei ansioso!".

"Adesso sono ansioso?".

"Si un po'!".

Lei è accanto a me che mi nasconde qualcosa. La vedo che freme, come se non vedesse l'ora di sbalordirmi. Mah chissà cosa avrà combinato.

"Ma dove siamo?".

"Siamo a Civitacastellana!".

"Civitacastellana? Abbiamo fatto più di settanta chilometri!".

"E già, ma siamo arrivati, ecco gira a sinistra ed entra in quel vialetto".

"Ma è casa di qualcuno?".

"Più che una casa è un bunker meraviglioso!".

Neanche faccio in tempo a fermare la macchina che lei scende di corsa e viene dalla mia parte aprendomi lo sportello e urlandomi di scendere, di fare in fretta.

"Dai sbrigat su, veloce!".

Non ho neanche il tempo di prendere tutte le cose, riesco a malapena a mettere il freno a mano e a chiudere lo sportello che lei mi prende per un braccio e mi tira con se.

Saliamo delle strettissime scale a chiocciola che portano ad un piano alto di questa strana casetta immersa nel verde. A vederla sembra la casa di un contadino. Si sentono le galline che beccano e un goffo respiro di un maremmano che si vede che ne ha fatto di lavoro.

La grondaia lascia scendere delle goccioline d'acqua che arrivano a bagnarmi la spalla. La sua mano che tiene stretta la mia nel salire quelle scale comincia a tremare, segno che siamo arrivati e che deve prepararsi per mostrarmi qualcosa.

Si cominciano a sentire delle voci.

Sento dei ragazzi ed una ragazza in particolare che ride vivamente.

Non sono di Roma.

Hanno un accento del nord. Non saprei distinguere se Torino, Milano, Cuneo o chissà dove.

"Ecco siamo arrivati! Dietro a questa porta c'è la tua sorpresa!".

Di fonte a me c'è una porticina marrone molto piccola che anche se si è una persona alta un metro e mezzo bisogna inchinarsi.

Ad un tratto mi incuriosisco nel sentire degli strani rumori.

Cerco di scandire più accuratamente il mio udito. Bacchette! Si, bacchette che accarezzano dei piatti ed un rullante mentre una chitarra cerca di trovare il suo la.

"Dai entriamo, ma prima una cosa: per te, il mio migliore amico!",

e mi da un tenerissimo bacio sulla guancia che dio mio quanto mi fa commuovere.

Vorrei abbracciarla e stringerla forte a me, accarezzandogli quei suoi buffi capelli gialli.

Comincia a bussare.

I rumori cessano.

Si apre la porticina e vedo una figura, logicamente per via della porta riesco a vederla dal petto in giù, ma è un ragazzo.

"Ce l'abbiamo fatta! Ohi raga è arrivata la Giulia!".

Entrambi ci inchiniamo per entrare e poi rimango impietrito alla vista.

Un sala molto grande con dei divani molto paffutelli fatta tutta di un arancione molto acceso.

In mezzo, un piccolo palco con tutto il ben di dio che possa offrirti la musica: batteria, chitarre, bassi, tastiere, campionatori, portatili accesi da tutte le parti ed un grosso frigorifero a vetro con un centinaio di bottiglie di birra.

"Allora Giulia, com'è? Ce lo fai conoscere il tuo artista segreto che ora suonerà con noi!".

Non ci posso credere l'ha fatto! Ha sempre saputo che io sono pazzo per la musica e appena può mi fa il regalo più bello che io possa ricevere: suonare!

Loro sono suoi amici, vengono da Torino. Hanno questa casetta ereditata da uno zio del batterista che era di Roma, loro l'hanno adibita a sala registrazione, insonorizzandola tutta e rendendola veramente troppo che spacca!

Mentre lei mi guarda con un sorriso mai visto in vita mia, comincio a parlare con i ragazzi di produzioni. Benny, il chitarrista mi spiega bene quello che fanno, che tipo di musica producono e mentre parlo con loro, il mio sguardo non può fare a meno ogni trenta secondi di girarsi verso di Giulia che non smette di guardarmi tutta contenta. Dentro di me non riesco a capire perché abbia fatto tutto questo.

Finisco il giro di presentazioni con tutto il gruppo, Benny si dirige verso il frigo e tira fuori una ventina di birre.

Lo stappare delle bionde sembra un concerto.

"Cin straniero!".

"Giuly non ho parole perché tutto questo?".

"Per te. E' il tuo onomastico!".

Il mio onomastico! Mi giro e vedo sul muro il calendario, c'è una donna particolarmente svestita che gioca con un affare di gomma, però la mia attenzione è destinata ad altro.

Cerco bene. Non posso crederci. Non l'ho ricordato nemmeno io. Nessuno. Neanche i miei.

Soltanto lei.

Col sorriso tra le labbra vado verso di lei e l'abbraccio come avrei voluto fare prima quando eravamo sulla porta. La stringo forte. Sento il suo calore. Ad un tratto lei mi sussurra nell'orecchio: "Auguri straniero, ti voglio bene".

Un pomeriggio intero, tutto dedicato alla musica.

Ho campionato dei suoni, abbiamo fatto dei pezzi col gruppo. Abbiamo fatto delle copie che chissà quante volte li riascolterò.

Giulia ha perfino cantato una canzone, quant'era emozionata.

Ho passato una giornata incredibilmente fantastica.

Avevo paura che non potesse essere vera, che qualcosa doveva andare storto.

Ma non è successo nulla.

Niente di tutto questo.

In macchina al ritorno lei si è addormentata.
L'ho vista dormire molte volte, questa volta mi sembra diversa dal solito.
Uno sguardo alla strada e uno al suo dolce viso che dorme innocente sul sedile della mia macchina.
In sottofondo, dolce più che mai, c'è *Irene Grandi* con la sua voce che non fa altro che farmi sorridere.
Vorrei urlare.
Vorrei tirar giù il finestrino e cominciare a cantare con tutta la voce, quella voce che per tanto tempo era rimasta rinchiusa in chissà quale parte del mio corpo, segregata e mai libera di uscire.
Mi fido di te Giulia.
Non ho paura.
Mi sento tranquillo.
Mi sento bene.
Dormi tranquilla amica mia.
Grazie per quello che sei.
La mia ragazza sempre. E già, sei la mia ragazza sempre.
La strada scorre via.
Il vento soffia sempre più lieve.

23. Da zero a un milione

"Otto?".

Ma io gli do dieci a questo cd!

Ho finito di ascoltarlo ora, mentre facevo un po' di pulizie e mugugnavo un serie infinita di mmm, se, per telefono al Cico che mi doveva raccontare i giorni passati in cui non ci eravamo visti.

La casa ha un altro aspetto. Non solo è più pulita, è solare.

Beh è sera, ma a me sembra come se ci fosse il sole in una piena giornata primaverile.

Sono sempre solo, devo cucinare e tra poco comincerà un dialogo con il frezeer per scegliere il surgelato da invitare a cena.

Ma stranamente non mi pesa.

Forse sarà il bicchiere di Chianti che ho mandato giù tutto di un fiato per la fretta di non farcela a rispondere al telefono che squillava.

Ci sono dei periodi che il telefono a casa ce l'ho o non ce l'ho è la stessa cosa, altri invece devo staccarlo perché sembra fare le fiamme.

Ah dimenticavo, oggi mi ha chiamato una società pubblicitaria che sarebbe lieta di farmi un colloquio per conoscermi e magari iniziare una collaborazione con me! E che è successo?

Cercano me? Infatti al telefono ho chiesto più volte di ripetere il nome della persona che cercavano, era sempre il mio.

Ma il telefono squilla ancora.

"Pronto? pronto? Lo so che sei tu, pronto?".

"Prrrrrrrrrrrrrrrrrr... ah ah ah!".

"Ma chi è?".

"E che solo tu puoi farmele!"

"Papà!"

"Te l'ho fatta, te l'ho fatta!"

"Ma dai papà hai cinquantatre anni!".

"E che vuol dire? Non posso scherzare e poi me l'hanno suggerito!".

"Ringrazia la mamma!".

"Non è stata la mamma!".

"Come no! E allora chi?".

"Te la passo?".

"Ehi straniero stai cucinando anche per me?".

"Giuly? Che ci fai a casa dei miei?".

"Sono venuta a portare una cosa a tua madre, allora? Tra dieci minuti sono da te, ho fame!".

Rimango davvero sorpreso.

"Sempre più convinto di strangolarti, sicura che vieni da me?"

"Perché hai qualcosa da nascondere? Sei con qualcuno?"

"Chi io? No. Figurati. E che… niente dai, vieni".

"Ah, grazie".

"E dai, lo sai che mi fa piacere. È solo che… niente".

"Arrivo, ah dimenticavo, lo sai tu?".

"Cosa?".

"Prrrrrr…".

"Anche tu? Basta, questa cosa l'ho inventata io!".

Ha attaccato come fa sempre.

Non vale la storia della pernacchia è mia, c'è il copyright.

Una volta che ero contento di essere solo a cena, ho ospiti.

Ma dentro di me so di essere ancora più contento.

Però forse i surgelati a questo punto non sono proprio idonei.

Dannazione tra dieci minuti lei è qui, cosa cucino?

Pasta, carne, verdure, maledizione ho solo il vino, che faccio lo friggo?

È arrivata.

Apro la porta.

"Allora è pronto?".

"Emh…si, veramente, ehi senti c'è stato un problema, alla tipa del piano di sopra gli si è rotto un tubo e tutto è venuto giù nella mia cucina, che ora è tutta allagata, non penso che tu abbia voglia di cenare in piscina, quindi ti porto a cena fuori".

"Non hai niente da cucinare vero?".

Le mie balle non reggono.

"Come no! Ho fatto la spesa oggi figurati, è la cucina giuro, se potessi vederla, guarda sono arrabbiatissimo!".

Rimane sempre dubbiosa, ferma sulla porta con un sorrisetto malizioso.

"Avrai solo una bottiglia di uno squallido vino bianco!".

"No giuro! Dai chiama l'ascensore che scendiamo, fa freddo fuori?".
Ride.
"Sei terribile!".
"Sto bene cosi? Ti piace questa giacca? Fashion vero?".
"Ma...".
"Dai, dai scendiamo su".
"e...".
"Non ti preoccupare ti porto in un posto dove si mangia da dio, offro io!".
"Ci mancherebbe pure, vengo a cena da te e mi accogli con una bottigliaccia di vino bianco!".
"E' la cucina giuro, che freddo brrr!".
"Mi fai troppo ridere straniero!"
"Sono simpatico vero? Andiamo dai. Ah... sai una cosa?".
"Quale?".
"La bottiglia di vino... beh era rosso!".

24. Destini

" Oh però fatti vedere è!".
"Certo che mi faccio vedere".
"Si ma da un bravo! Ah ah ah!".
"Francesco te l'ho sempre detto, dovresti fare cabaret!".
"Mi piace prenderti in giro!".
"E a me piace picchiarti quando ti vedo".
"Basta con la violenza negli stadi!".
"Mica siamo allo stadio, vieni, vieni a trovarmi!".
"Ok passo stasera da te!".
"Ehm, stasera sono a casa con Giuly, ci vediamo un film".
"Ti ricordi che domani sera lei parte?".
"Si lo so, appunto ci vediamo almeno stiamo un po' insieme".
"Un po'? E' tutta la settimana che state insieme".
"Dai, ti chiamo dopo".
"Non ti imparanoiare".
Perché dovrei farmi delle paranoie? Mi lascia pensare.
"Allora Ale, ciao ci si sente".

E' più di un po' che mi gira per la testa quella frase di Francesco.
Non ti imparanoiare.
Perché dovrei farlo?
Sicuramente intendeva di Giuly, ma non riesco a capire perché.
Mah... finisce che me le faccio davvero le paranoie!
La scelta di un film per me è una cosa veramente ardua.
Divorziare, licenziarmi, comprare un vestito, scegliere un vino, decidere per il mondo intero, essere il premier di un paese, queste sono cose che non mi darebbero problemi, ma scegliere un film, dio quant'è tosta.
Il tipo paffutello della videoteca mi fissa insistentemente, forse perché sono le otto e un quarto e deve chiudere ed io sono ancora imbalsamato come uno stambecco davanti allo scaffale.

117

Non ho proprio idea di cosa scegliere. Di solito se va male non importa, un *vaffa* per il regista del film e passa tutto, stavolta però devo scegliere per due.

E se non va bene la mia scelta, che figura ci faccio?

Perché le ho detto di vedere un film?

Non potevamo uscire o fare qualcos'altro?

Potevamo fare una partita alla play?

Non ce la farò mai!

La scelta di un film, è un'operazione molto delicata.

Bisogna analizzare molte cose:

-con chi si vede il film,

-che tipo di persona è,

-se è molto importante,

-che fine deve avere la visione,

-cosa deve comportare il dopo film.

Faccio caso a queste cose, ma poi penso a chi sarà la persona a vedere il film con me e mi viene in mente tutt'altro.

Lei non ne fa una storia. Se il film fa schifo, manderà delle occhiatacce ogni tanto e affogherà la sua noia in qualche dolce strapieno di nutella. Lei non si arrabbia con me. Non mi fa pesare nulla.

Ci scherza sempre su.

Allora un film vale l'altro.

Ma poi tutto d'un tratto scelgo.

Si questo.

"Cinquanta volte il primo bacio".

Chissà.

Mentre torno a casa, vedo che la pasticceria è ancora aperta.

Prendo dei dolci. Preferisco sempre il salato, ma…

Comincia a piovere, infilo in tasca il dvd e cerco di coprire il pacchetto dei dolci aumentando velocemente il passo.

Casa stranamente quando entro ha un atmosfera e un calore diverso dal solito.

Non lo so perché. Beh, oggi ho lavato il pavimento e messo le tende fresche di bucato di mamma, io non le lavavo dal 52'. Ho fatto i piatti, acceso qualche incenso e cambiato il copridivano, ma oltre a questo non credo di aver fatto nulla di speciale.

L'ennesima pizza, mangiata prima di andare a scegliere il film era abbastanza pesante. Basta pizza, comincio ad odiarla. Prendo una birra e mi metto sul divano a guardare un po' di tv spazzatura, Giuly dovrebbe venire per le nove e mezza, tra circa un ora.

Forse la birra a doppio malto, forse un programma tremendamente noioso, hanno trasformato il mio relax preserale in un sonno terribilmente profondo.
Come se fossi stato in un pianeta alieno e tutto d'un tratto rispedito sulla terra riprendo i sensi.
wow, che dormita!
Sono crollato come un sasso.
La tele è ancora accesa e il tg sta passando la rassegna stampa con le prime pagine dei quotidiani di domani.
Intorno a me c'è un silenzio terrificante.
Come un eco, un eco di nulla, di un suono che non c'è.
Il volume alla tele è sul mute.
Fisso le labbra del giornalista per cercare di capire qualcosa.
Sono stranito, affannato.
Guardo l'ora.
Sono quasi le due.
Ho dormito quasi sei ore, ma più che altro lei...
Forse non ho sentito il citofono, può succedere sicuramente avrà chiamato al cellulare e non ho sentito nulla. Dannazione, maledetta doppio malto.
Stringo freneticamente il cellulare tra le mani, ma il display del telefonino non mostra altro che un foto dei *subsonica*, lo sfondo.
Nessuna chiamata persa. Niente.
Allora avrà chiamato a casa.
Prendo di corsa il cordless e compongo il numero per sapere le chiamate non risposte, ma l'ultima, il numero è quello di Francesco.
Che cosa à successo?
Forse ho fatto qualcosa?
Perché non è venuta?
Provo a fare il suo numero, ma il gestore telefonico mi avverte che "il terminale da lei chiamato potrebbe essere spento".
Cosa?
Voglio sapere cosa è successo?
Freneticamente afferro il cordless e compongo il numero di Francesco.
"Pronto?".
"Hai visto Giulia?".
"Ma che caz...".
"Rispondi, hai visto Giulia?".
"Ehi calmati bello, sono le due!".
"France' rispondi alla mia fottuta domanda, hai visto Giulia?".
"No, ma si può sapere che succede?".

"Non lo so doveva venire da me, la stavo aspettando poi mi sono addormentato, e quando mi sono svegliato erano le due e lei non si è fatta viva, Francesco che ho fatto qualcosa? Dimmelo se sai qualcosa, dimmelo!".

Sto letteralmente andando su di giri. Il mio cervello sta riavvolgendo il nastro il più veloce possibile per trovare una soluzione e capire.

"Ehi amico, calmati magari avrà avuto un problema e non è potuta venire, domani la chiami, stai tranquillo, uscite domani sera dai".

"No! Domani sera lei parte!".

"Ah, scusa. Mi sono dimenticato, dai ora calmati".

"Va bene, ciao scusa"

"Niente fratello, non ti preoccupare, ti chiamo domani".

Neanche lui l'ha vista.

Non riesco proprio a stare calmo, non riesco a capire perché.

Prendo le chiavi della macchina e metto su il giacchetto, devo uscire.

Cosa, cosa, cosa.

Sono molto nervoso.

Arrivo sotto casa sua.

Parcheggio all'incrocio di casa sua, e lascio la macchina dietro al fioraio, fosse in giro non avrei voglia che mi vedesse, e più che altro non saprei cosa dirle.

Il suo motorino è parcheggiato al solito posto con la sua catena rosa.

Le luci di casa sua sono spente.

La serranda della sua camera è tirata giù.

Mi avvicino al suo portone.

Ma che sto facendo?

Perché sono qui?

Perché?

Perché mi sento come se stesse succedendo qualcosa. Come se qualcosa mi stesse mancando.

Un vuoto, una voragine.

Non può essere così.

Non ha senso.

Torno a casa.

Ricomincia a piovere.

Il solito risveglio, il solito canale musicale, la solita ora: le dieci.

Ho dormito malissimo.

Cerco con affanno di centrare la vista, con gli occhi appena aperti.

Squilla il telefono.

Corro, in un istante prendo il cordless, rimasto in terra in salotto vittima del nervoso della sera passata.

"Pronto? Pronto, Giulia sei tu? Pronto?".

"Ehm no, sono Max. Che fine hai fatto, che hai deciso, la facciamo questa radio?".

"Ah... ciao Max. Scusa. Posso richiamarti?"

"Ci mancherebbe. Ma tutto ok?".

"Sì, non ti preoccupare ti chiamo io, ciao".

"D'accordo, però su con la vita, hai una voce".

Attacco il telefono velocemente, mi dispiace per Max, ma la linea deve rimanere libera a tutti i costi.

Il cellulare è rimasto acceso tutta la notte.

Nessuna chiamata.

Ma che è un incubo?

Non riesco ancora a focalizzare tutto.

Non è successo niente, ma quello che ho dentro non sembra essere d'accordo.

Fuori continua a piovere, forse non ha mai smesso da stanotte.

Ma devo capire.

Non posso rimanere così.

Non ci riesco.

In un attimo sono in macchina e arrivo al negozio di dischi.

Il proprietario è sulla porta che sta fumando una sigarette pentre canticchia qualcosa.

"C'è Giulia?", gli domando con il fiatone e gli occhi spalancati.

"No, Giulia non c'è si è licenziata!", mi risponde come sorpreso che io non lo sapessi.

"Come si è licenziata?".

"Sì, so che doveva partire".

"Ma stasera doveva partire!".

"Non so che dirti ragazzo".

"Niente, grazie lo stesso, buongiorno", lui rimane fisso a guardarmi sempre più sorpreso ed anche incuriosito dal mio stato d'animo.

Perché si è licenziata?

Forse perché col fatto che stasera va via, le serviva la giornata libera per sistemare le ultime cose, sarà sicuramente così.

Sono sotto casa sua, il suo motorino è sempre lì, la serranda della sua camera è rimasta perfettamente come ieri sera.

Mi avvicino al citofono.

Ad un tratto mi sento chiamare.

"Ehi bellissimo, come stai?".

Alzo gli occhi verso l'alto. E' la mamma, era parecchio che non la vedevo.

Mi invita a salire per un caffè, ma rifiuto cordialmente, non riuscirei a sopportare una comunicazione ora. Cercando di nascondere il mio stato d'animo le rispondo rimanendo immobile con la testa verso l'alto.

"Bene signora, grazie, sto benissimo". Sto mentendo spudoratamente.

"Signora dov'è Giulia?".

"Come non è passata da te stamattina presto?", mi risponde particolarmente sorpresa dalla mia domanda. Non riesco a capire perché oggi siano tutti stranamente sorpresi dalle mie domande.

"Veramente no!".

"Guardala, la solita frettolosa che si dimentica anche di salutare i suoi amici", ora è lei a sentirsi in difetto ma cerca con astuzia di non far pesare la situazione.

"Non capisco signora".

"E' partita!".

"Partita?".

"Si aveva il volo alle nove e quaranta", mi risponde ormai all'apice della sorpresa e dell'imbarazzo.

Beh, avete presente quando ti tirano un pugno violentemente sul viso e le stelline cominciano a girarti intorno alla testa come gatto Silvestro quando le prendeva dalla nonnina di Titti?

"Comunque ha il cellulare, puoi chiamarla!".

"Ah, grazie signora, mi scusi ma ora devo andare".

"Ehi, sicuro che è tutto ok?", la sua curiosità non resiste più, il mio viso è un chiarissimo biglietto da visita, sul suo invece non c'è più il sorriso di quando mi ha visto. E' sceso un velo di tristezza e preoccupazione. Fuggo via.

È partita senza neanche passare da me e dirmi niente.

In macchina non riesco a non pensarci, e più di tutti non riesco a capire il motivo per cui l'ha fatto.

Lo stereo è spento, ma anche se fosse acceso non riuscirebbe a distogliere i miei pensieri.

Altro che vuoto.

Tutto intorno a me mi sembra strano.

Piove sempre.

Squilla il cellulare.

"Ehi allora, l'hai chiamata?".

"Francè, è partita!".

Pochi secondi di silenzio anticipano la sua risposta.

"Come è partita? Ma doveva andare stasera!".

"Ha preso il volo delle nove e quaranta"

"Amico mi dispiace, è una storia strana, mi dispiace davvero".

"Figurati a me, la mia migliore amica è partita fregandosi di me".

"Lo so come puoi stare, dai vado dal capo mi prendo un permesso e passo a prenderti, andiamo a pranzo dal Ragioniere così ti mangi gli spaghetti vongole e tartufo che ti piacciono tanto, offro io", nella sua voce c'è tristezza e un profondo dispiacere per me.

" Se non ci fossi tu".

"Però ci sono. E non scappo. Aspettami bello, venti minuti e sono da te", riaggancia velocemente.

Fai in fretta amico mio, ti prego.

La forchetta tra le mie mani sembra implorare il perdono, non fa altro che roteare per più di mezz'ora.

"Ehi, dai non hai mangiato niente, hai lasciato tutti gli spaghetti".

"Sai una cosa amico, mi sono reso conto che non smetterò mai di prendere botte dalla vita".

"Ma dai, ora ti finisci la pasta, mandi giù un bicchierone di vino e non ci pensi più", mi sorride affettuoso.

"Lo vedi che sai ridere! E poi è lei che se ne pentirà di aver perso un amico come te".

"Già", lo dico tremando, non ne sono assolutamente convinto.

La giornata con Francesco un po' mi ha aiutato.

Mi aveva anche invitato a cena, avrei accettato se non fosse stata a casa sua con i suoi zii e i cuginetti piccoli. Non sarei sopravvissuto.

Che giornata!

Mio padre mi ha chiamato dodici volte dopo avermi sentito la prima volta in uno stato di terribile tristezza. Chissà come sarà preoccupato.

La chiave fa fatica ad entrare nella serratura del portone.

Si è storta l'altra sera, quando l'ho data a Giulia per aprire una birra. Non è mai stata capace.

Non riesco a non pensarci.

Sento dentro di me che mi sta per venire da piangere.

Se n'è andata la mia migliore amica.

Mi appoggio con le spalle al portone ed alzo gli occhi al cielo.

Comincia di nuovo a piovere.

Mi accendo una sigaretta e mi fermo a fissarlo.

È li tra le mie mani.

L'accendino.

Quell'accendino.

Ad un tratto un flash.

Davanti ai miei occhi cominciano a passare tantissimi cose.

Immagini, come se stessi sfogliando un album dei ricordi freneticamente.

Lei che mi si avvicina al bar mentre tento di fuggire alla calca degli amici per prendere il caffè.

Il suo naso dolce e rosso per il raffreddore la mattina quando mi ha dato il cd.

La sua voce, soffice, quando mi sussurrava: "ehi straniero"

La sua risata, quel sorriso da far invidia ad una copertina.

I suoi capelli buffi e quando muoveva la testa a ritmo di heavy metal.

I suoi occhi che mi guardavano dolcemente tutte le volte che la facevo ridere.

Il suo *Sh* tutto sgangherato con quella catena dipinta con lo spray e subito dopo battezzata sui miei pantaloni.

Il suo modo di battere il bicchiere quando beveva il rum e pera e stava con gli occhi lucidi perché era forte.

Quando siamo andati a cena.

Le pernacchie che mi faceva al telefono dopo avermi fatto dire cento volte pronto.

Quando siamo andati a suonare e mi ha fatto la sorpresa per il mio onomastico.

Quando sono stato tutto il viaggio in macchina a vederla dormire.

Tutta la settimana che abbiamo passato insieme.

Tutto mi passa in un istante davanti agli occhi.

E lei se n'è andata senza neanche salutarmi.

Maledizione! Neanche Joey e Dawson facevano così.

La sento, sta scendendo sulla mia guancia.

Un lacrima furtiva si è sottratta a tutto ciò e sta fuggendo via.

Mi sento terribilmente solo.

Ma non posso starmene qui a piangere.

Non posso stare sempre male ogni volta che succede qualcosa.

Devo reagire.

Tiro su col naso e mi giro per aprire il portone.

Le gambe sono pesanti e le scale sembrano infinite.

Il mio occhio finisce sulla cassetta della posta.

Che palle la solita pubblicità.

Ma mi fermo un istante.

Quella busta dentro la cassetta ha un aspetto un po' strano per essere una pubblicità o tantomeno una bolletta di chissà chi.

Scendo le scale.

Mi avvicino.

È un foglio rosa, piegato frettolosamente da una mano molto nervosa.

Cerco di prenderlo, ma non ce la faccio.

Corro su come un lampo facendo le scale a tre a tre infischiandomi dell'ascensore.

Devo prendere le chiavi della posta.

Devo assolutamente scoprire cosa sia quel foglio.

Le mani tremano non riesco ad aprire la cassetta della posta.

Vorrei strapparla via, romperla.

Riesco ad aprirla.

È una lettera.

Riconosco la scrittura.

È la sua.

Faccio scivolare le gambe e mi siedo in terra nell'androne del palazzo.

Ho paura, una paura terribile a leggerla.

Lentamente comincio a spiegare il foglio.

Ciao straniero..

Lo so, ora mi starai odiando terribilmente per quello che ho fatto, sicuramente ieri sera sarai stato almeno mezz'ora davanti lo scaffale dei dvd per scegliere un film.

E sicuramente stamattina sarai passato al negozio e da mia madre.

Ma io non c'ero.

Sono partita presto e non t'ho detto nulla.

Dovevo fare per forza così, era l'unica scelta per me.

Non avrei resistito a guardarti negli occhi e dirti ciao potendo avere per me solamente un abbraccio. Non ci avrei fatto nulla.

Quando ho deciso di partire per Londra il primo pensiero sei stato tu.

Anche se non ci vedevamo molto prima, sapevo però che tu eri vicino a me, in ogni momento, e che se ne avessi avuto bisogno tu ci saresti stato.

Questa settimana per me è stata importante.

Per due motivi.

Averti avuto vicino sempre.

Ed averti scoperto sempre di più, anche se già sapevo chi eri. Forse quello che ho sempre desiderato: un amico, il migliore che si possa avere.

Ma questo dentro di me mi faceva un male terribile.

Non potevo sopportare che alla fine della settimana non ci saremmo più visti.

Quando sono con te riesco a provare delle emozioni che non so descriverti, da quando ho cinque anni, e non è facile tutte le volte per me cercare di far finta di niente.

Tu stai passando un periodo particolare.

Stai cercando qualcosa che ti faccia vivere al meglio, e sinceramente con me tra i piedi non credo tu possa riuscirci.

Fare questa cosa per me è stato un dolore indescrivibile, non salutarti, non venire da te, scriverti questa lettera.

Ieri sera ho spento il telefono, lo so è da vigliacchi ma non potevo passare la serata con te e poi fuggire via. Avrei sofferto il doppio.

Quindi ho preferito fare così, da vigliacchi, in modo che tu mi odiassi e non pensassi a me.

L'altra mattina quando eri al negozio di dischi e mi hai portato la colazione, sono andata un attimo al bagno e ho pianto di nascosto.

Per te. Per quello che facevi per me, non curando di quello che magari ne avevi bisogno tu.

Il succo d'arancia, lo sapevo che l'avei preso per te, ma non hai esitato a darmelo facendo finta che era il mio perché sapevi che piaceva anche a me.

Questa è solo una cosa e non mi basterebbero mille fogli per elencare tutte le cose che hai fatto per me. Certo, ancora non ti ho perdonato e non so se ti perdonerò del fatto di Madrid, ma tu sei tu.

Straniero, trova il tuo mondo e vivilo nel migliore dei modi.

Fino adesso non ci sei riuscito, ma non ti preoccupare. La tua vita per te è come un paio di scarpe, le più belle di tutte, che però stai indossando sotto i pantaloni sbagliati.
Non cambiare scarpe, cambia pantaloni. Ti conosco, tu sei fantastico, ne hai un armadio pieno.
Sai, il cd che ti ho dato l'altro giorno, l'ho preso anch'io.
L'ho già ascoltato mille volte... e beh, gli do dieci!
Il bacio più grosso del mondo per te.
Ti voglio troppissimo bene.
Giuly.
P.s. Chissà che film avrai preso!

"Una lettera?". Francesco non riesce a credere a ciò che sta ascoltando.
"Si proprio una lettera!".
"E quando te l'ha data?".
"Deve averla messa nella cassetta della posta la mattina presto prima di partire perché la sera prima la cassetta era vuota, ricordo bene, mi stavo asciugando i piedi sul tappetino perché pioveva, e l'occhio mi è finito lì".
"Che storia ragazzi! Però una lettera, sai non me l'aspettavo una cosa del genere da Giulia".
Ma che ci sto a fare a parlare con lui! A volte mi sembra di parlare con Homer Simpson.
Non riesco a tranquillizzarmi.
Perché una lettera?
Non sono passate neanche ventiquattro ore.
Non sono mai stato più confuso in vita mia di questo momento.
Non lo sapeva neanche la madre.
Datemi un algoritmo dei più complessi: lo risolvo.
Datemi un atomo: lo separo.
Datemi il premier: ci parlo io.
Ma questa situazione non riesco proprio a capirla e ad uscirne fuori.

Non smettono.
Non vogliono finirla di passarmi davanti agli occhi come diapositive sparate a tutta velocità.
Immagini.
Solamente che immagini.
Immagini di una settimana che non credo riuscirò a dimenticare.

127

Non può essere andata via così.

Non può avermi lasciato solo.

Ricordo quella volta al parco quando avevamo fatto il patto di sangue:
"Io prometto di essere la tua amica del cuore e di non lasciarti mai".

Giulia non hai mantenuto quel patto.

Sei andata via.

Casa mi sembra un inferno.

La sento più vuota di quanto non lo sia mai stata.

Sul tavolo c'è ancora il dvd che ho preso l'altra sera.

È rimasto lì.

La custodia è segnata dalle ombre delle goccioline d'acqua della pioggia.

È ancora lì, vicino al telecomando del dvd.

Ci sono ancora i dolci al cioccolato nel frigo.

Quei dolci che piacciono tanto a lei.

Lo vedi quante cose faccio per te! E tu mi ringrazi così?

Con una fottuta lettera nella posta ed un addio da libro cuore?

Non si fa così

Dove mi giro mi viene in mente lei.

Pensavo di aver pulito tutto l'altro giorno.

Ma c'è ancora un bicchiere sporco.

Ha bevuto la coca cola ed ha lasciato il bicchiere vicino al microonde. Non l'avevo visto.

C'è ancora il suo pacchetto vuoto di Marlboro nel cestino.

Una delle sue, spenta nel portacenere.

C'è perfino un messaggio in segreteria.

È una pernacchia.

È la sua.

C'è ancora la custodia del suo telefilm preferito non in linea con le altre nello scaffale.

L'aveva guardata per leggere la trama.

Sulla lavagnetta c'è ancora disegnato il tris quando ci abbiamo giocato mentre facevamo merenda l'altro pomeriggio.

Ha vinto lei.

C'è ancora, c'è ancora.

C'è ancora tutto.

Tranne lei.

Un anno.

Un anno passato tra dolori, depressione e voglia di non fare nulla.

Nervoso, gastriti ed attacchi di panico.

128

Una settimana è bastata.

Una sola per farmi stare bene.

Una sola per farmi vivere.

E proprio lei serviva per tutto questo?

La conosco da vent'anni.

D'altronde come Francesco, Paolo, Marta e tante altre persone.

E perché proprio lei ha fatto questo in me?

Forse ho trovato quello che mi faceva vivere e non respirare e basta?

Forse ho trovato la mia isola felice?

Come sarebbe a dire? Ce l'ho avuta sempre sotto gli occhi e non me ne sono neanche accorto?

Perché non gli ho detto la verità di Madrid?

Perché non gli ho detto che non potevo sopportare di vederla con quell'idiota di un fiorentino-portoghese.

Dai. Era mezzo di Firenze e mezzo di Lisbona.

Quando parlava era un incrocio tra Benigni e un travestito.

Ce l'avevo davanti agli occhi e non gli ho detto nulla.

Sto cercando di odiarla in tutti i modi.

Ma quello che riesco a fare e pensare solo a quanto io possa volergli bene.

Non ci riesco ad odiarla.

Mi ricordo quella volta che eravamo a scuola per fare il compito di matematica.

Noi eravamo in file diverse e visto che il professore come tanti dava il compito con argomenti differenti a seconda della fila, io e lei non potevamo passarci le cose.

Alla prima parola che dissi, il professore mi spostò al primo banco vicino a lui.

Io ero fregato!

Il giorno prima non avevo studiato, avevo passato un pomeriggio a suonare con il mio vecchio gruppo.

In matematica avevo già cinque, il che aggiungendo un foglio in bianco sarebbe diventato catastrofico.

Eppure lei. . .

Pur avendo il compito diverso dal mio, riuscì a farselo dare completo da Livia, la secchiona delle secchione, prima alle olimpiadi della matematica, sei ore a scuola e sei a casa sui libri, adolescenza zero, dormiva addirittura con il poster del professore che alle quattro di mattina fa lezione su Raidue e che tutti usano come sonnifero istantaneo: metti sul canale, lo guardi un attimo negli occhi e zack!

Sei in trance!

Poi finse di stare male e facendo finta di dover vomitare, arrivò quasi in ginocchio alla cattedra del professore facendomi scivolare il compito nello zaino.

Per me.

Io presi otto.

Lei prese cinque e gli diedero il corso di recupero il pomeriggio.

È vero che mi costrinse ad accompagnarla e tornare a prenderla a scuola quando aveva il corso, insieme ad un tramezzino di Corsetti, ma l'aveva fatto per me.

Mentre mangiavamo un tramezzino, mi disse:

"Non lo so se c'è qualcosa che abbia un senso senza di te".

La frase più bella che mi abbiano mai detto!

Avevamo sedici anni.

Oppure quella volta che mi rubarono a scuola il cd autografato dei Subsonica e lei ad un loro concerto scavalcò le transenne sotto al palco correndo come una matta con un cd e un pennarello incontro a Samuel inseguita da un gruppo di gorilla.

Quella sera la portarono al gabbiotto della polizia.

Ma lei mi aveva fatto autografare un cd, e con gli occhi lucidi infreddolita per aver perso la felpa, mi prese la mano e mi disse:

"Se perdi anche questo rapisco il gruppo e te ne faccio autografare un milione".

Beh anche tu Giuly ne hai fatte tante per me.

Si dice "chi trova un amico trova un tesoro", molte volte ho pensato di non averla trovata, ma che qualcuno me l'avesse mandata e che fosse un sogno.

Non ho mai pensato un istante di passare la vita senza di lei.

Lei aveva il ragazzo, io avevo la ragazza, ma non potevamo ugualmente non vederci.

Chissà quante litigate ho fatto con le ragazze che erano gelose di lei.

Ora sono qui, fermo in piedi in cucina davanti alla finestra a sorridere ripensando a tutto questo.

So che tra poco questo sorriso svanirà, ed io tornerò nell'oblio, come sono abituato ormai da un po' di tempo a questa parte.

Dentro di me vorrei esplodere, ma a che scopo?

Per fare cosa?

Dentro di me comincia a salire una solitudine incredibile, che ormai sembra quasi indelebile.

"Pronto?".

"Allora hai deciso?", Francesco non demorde dal preoccuparsi di me.

"Ma chi è?".

"Ma come chi è! Hai deciso cosa devi fare?".

"Ma devo fare cosa?", non sto capendo, non riesco a ragionare.

"Muoverti amico!", la sua voce rimbomba nel telefono.

"Fra', sto sclerando in tutti i sensi!".

"Sto passando da te!".

"Da me? A fare cosa? Non mi va di uscire!", sto troppo male, non ci riesco.

"Oh no, tu adesso esci eccome!".

"Sono le sette e mezza, non ho voglia di un aperitivo e né di andare a cena fuori!".

"Non ti preoccupare, vieni con me, è ancora aperta!"

"Ancora aperta? Ma cosa?", cosa sta farneticando?

"L'agenzia di viaggi!".

Ha attaccato!

Francesco è serio, preciso e dettagliato nel parlare. Gioca nervosamente con una penna colpendo il porta spille poggiato sulla scrivania di fronte a se.

"Allora signorina, il primo volo disponibile per Londra!".

La ragazza comincia a digitare velocemente sul suo computer.

"Potete viaggiare con l'Alitalia, diciamo tra tre ore va bene?".

"Tre ore? Ma siamo pazzi?", aumento il tono della voce, tanto che due clienti ad un'altra scrivania si girano di colpo come impauriti.

"Lo lasci stare signorina, ascolti me, va benissimo!".

Estrae la carta di credito dal portafoglio e velocemente la porge alla ragazza, il tutto sotto i miei occhi increduli e silenzioso.

Mi alzo e esco velocemente dall'agenzia. Mi poggio ad una macchina parcheggiata di fronte e nervosamente accendo una sigaretta.

"Ma si può sapere che diavolo fai?".

"Perché?", Francesco è di una tranquillità disarmante.

"Mi trascini qui senza neanche farmi aprire bocca, complotti con la signorina e compri un biglietto aereo da trecento euro per Londra?".

"Dai, un giorno me li ridarai. Sai non ti ho detto che ho allargato il giro delle mie polizze!".

"Si, e che l'hai fatta anche al tuo cane!".

"Amico, io ti sto salvando la faccia!".

"Ah si, sentiamo e come?".

"Lo vuoi veramente sapere?".

"Avanti sono tutto orecchie!".

"Sicuro, sicuro?", i suoi occhi ad un tratto diventano scuri e penetranti.

"Come le mie cinque dite che tra un po' parcheggeranno sulla tua faccia!"

"Aspetta che sgranchisco la voce! Quando mi ricapita!", cerca di fare umorismo ma è serio che mi comincia a far venire i brividi.

"Io me ne vado vacci tu a Londra!".

"Basta! Capisci questa parola! Basta. Hai stufato a piangerti addosso. Ti ho ascoltato per tanto tempo, ho sentito le tue lagne per tanto tempo. Che fine ha fatto il mio amico di sempre? Quello che non vedeva l'ora di spaccare il mondo?".

"I tempi cambiano".

"No amico! Tu cambi!".

"Ma che stai dicendo?".

"Ascoltami... Non ho mai dubitato di te. Mi sono sempre fidato. Ti considero come un fratello, darei un braccio per te. Ma non posso vederti che ti struggi giorno dopo giorno! Sei arrivato ad un punto della tua vita in cui devi credere veramente hai tuoi sogni!".

"Guarda che io, ai miei sogni ci credo!".

"Sognare per te non è strimpellare una chitarra o scrivere una sceneggiatura di un film che rileggerai e rileggerai quando non hai un niente da fare! Sognare per te, è vivere di quello di cui hai bisogno! Ricordi quando il dottore ti disse vivi? Te lo ricordi giusto? Me l'hai detto subito dopo perché io ero fuori che ti aspettavo come sempre. Ma ora basta, non ti aspetto più!".

"Fra' ma che stai dicendo?".

"Vivi amico mio, vivi! Questa settimana che è passata, dentro i tuoi occhi ho rivisto quello che vedevo una volta. Tu. Quello vero! In tutto questo tempo ti sei richiuso nelle tue paure, nelle tue angosce fregandoti di tutto quello che avevi intorno. E quello che avevi intorno era semplicemente quello di cui hai veramente bisogno, l'amore".

"Ma che ne sai che cos'è l'amore! Io non lo so, non so dove abiti, non so come sia fatto, che gusti abbia, chi sia, cosa voglia da me!".

"Tu lo sai che cos'è, ma non vuoi ammetterlo! Non ci vuole una laurea, non devo essere un strizzacervelli, sono il tuo migliore amico e nessuno può capirti meglio di me".

"Eh allora mi spieghi che cosa devo fare?".

"Tira fuori quello che hai dentro, non aver paura".

Dentro di me qualcosa è come se si ribellasse alla mia volontà. Come se mi dicesse di ascoltarlo, di dare almeno per una volta ragione alle sue parole.

"Fra' e se non va?".

"E se non va, pazienza!".

"Lo sai che botta poi?".

"E se sarà un botta, cadremo insieme, non ti lascio. Vai giù tu, vado giù anch'io!".

"Non lo so".

"Guardami negli occhi! Dimmi che tu non hai provato niente per lei in questi giorni, dimmi che forse non è una vita che lo provi per lei. Dimmi che non ti sudavano le mani, dimmi non che non ti sentivi in paradiso, dimmi che non vuoi ammettere che tu...".

"Cosa?".

"L' ami...".

"Shhh!".

"Se è così me ne vado, altrimenti, tra due ore e mezza c'è il volo, non smettere di suonare".

In tutti questi anni non mi aveva mai parlato così.

È lì, immobile davanti a me con il fiatone per via di tutte quelle sigarette che si fuma, e mi guarda negli occhi.

In mano ha il biglietto aereo.

Comincia a sorridere.

Viene verso di me e mi abbraccia forte.

"Ti ricordi quando da piccolo dicevo ai tuoi di adottarmi perché volevo essere tuo fratello per giocare sempre con te?".

"Si me lo ricordo, e mia madre ti diceva che non eri in vendita!".

"Già. Dai andiamo, devi prendere un aereo tra quasi due ore ormai".

"Non ce la faremo mai, la tua macchina è un bidone!".

"Senti chi parla, quello che la sua l'ha trovata nelle patatine!".

Quei pochi metri che separano l'agenzia da casa mia, li ho passati guardando lui che litigava con l'accendisigari, buffo come sempre, ma fratello più di prima.

133

25. Trip

"Attention please, the fly…".
Ho preso l'aereo molte volte, ma questa è terribile.
Ho un ansia che mi distrugge.
Magari mi sudassero le mani, si stanno commuovendo, stanno dilagando fiumi di sudore.
Tra dieci minuti atterreremo a Heatrow, e non ho la minima idea di cosa mi inventerò.
Mi sembra di stare in un film, in uno di quelli che vedendoli ho sempre detto: "ma che cazzata, solo agli americani succede!".
Ora sta succedendo a me.
Mi guardo intorno, come se spuntasse fuori qualcuno ed urlasse: "Stop!! Buona la prima!".
Non ci sono telecamere in giro, non ci sono comparse ne truccatrici, sta succedendo per davvero.
Lo zaino me l'ha preparato Francesco, io ero troppo impegnato a fare le prove su cosa mi sarei inventato quando l'avrei vista.
Lui è riuscito tramite i genitori di una sua amica che partiva con Giulia, a procurarsi l'indirizzo della casa discografica dove lavora.
Avrò una notte intera per pensare a cosa fare.
Andrò domani mattina da lei.
Ora è troppo tardi, arriverò per l'una, ma per fortuna su internet Francesco mi ha anche prenotato un bed e breakfast a pochi soldi.
Ho una paura terribile.

Di Londra mi sono sempre piaciuti i taxi, per come sono buffi e tondi, anche se nel mio ora come autista, c'è un anglo-pakistano che emana un odore fortissimo di curry.
Poi come sentono che sei italiano ti fanno la solita frase tipica degli stranieri:

"Italiano! Spaghetti! Di dove essere tu?".

"Roma!".

"Roma! Colosseo! Totti!".

Dai, siamo nel 2005, ancora parlano così.

Sempre meglio però di quegli inglesi con la puzza sotto il naso che non fanno altro che parlare inglese velocemente ripetendolo più volte, ma ugualmente senza farti capire nulla!

La stanza non è male.

È piccola, ma pulita e confortevole.

Mi sdraio un istante sul letto respirando a pieni polmoni, cercando di buttar fuori tutto lo stress accumulato nelle ultime ore.

Ma che sto facendo?

Non posso credere che in una settimana sia successo tutto questo ed io ora sono in una stanza di albergo a Londra.

Neanche finisco di pensare a questo che, mi addormento.

"Pronto?"

"Ehi! Englishman! How are you?".

"Dai non fare l'idiota!".

"Allora come va?"

"Tutto ok, per ora. Ascolta, qui mi hai scritto l'indirizzo, ma dove sta però?".

"E io che ne so!".

"Come che ne sai? Ti sei fatto dare la via senza farti dire almeno il quartiere?".

"Ringrazia dio che almeno quello ho rimediato!".

"E come faccio?".

"Chiedi a qualcuno le pagine gialle?".

"Si e che gli dico?".

"Potresti dire: Sorry have you a yellow book?".

"Senti fammi attaccare altrimenti vengo in Italia, ti gonfio e ritorno qui!".

"Dai inventati qualcosa amico, tienimi aggiornato!"

"Ok, ciao"

A volte mi fa arrabbiare tremendamente.

Mi vede che sono in panne e non fa altro che prendermi in giro.

Bah. Faccio colazione.

Facevo!

Vicino alla hall c'è scritto che il breakfast viene servito fino alle nove. Sono le nove ed un quarto!

La farò in giro.

Londra la mattina è una cosa veramente meravigliosa.

Tutti che si danno da fare, ci sono molte persone che girano in bici.

File di gente ordinatamente composte che si apprestano ad andare a prendere il *Tube*, la metro.

Decine di linee, non sono mai riuscito a capirla bene la metro.

Ma prima di prenderla devo chiedere dove devo andare .

Con la camminata del più tipico degli villeggianti mi addentro in *Carnaby street*.

Ci sono molti negozietti che sicuramente avranno dei vestiti molto interessanti, ma non ho tempo per lo shopping.

C'è un pub.

Deve aver aperto da pochi minuti.

Entrando desto subito l'attenzione del barista. Forse sarà per via dello sguardo smarrito con lo zainetto sulle spalle.

Il bancone deve essere nuovo. Emana un forte odore di noce.

Su uno sgabello un signore sui cinquanta poggia le labbra sulla prima pinta della giornata. Auguri!

Mi siedo.

È confortevole, c'è un calduccio fantastico ed un profumo di muffin appena sfornati.

"Can i help you man?", mi fa il tipo dietro al bancone, un ragazzo strano dai capelli un po' ossigenati ed un po' viola.

"Yes, one chocolate muffin and an orange juice, please".

"Ok, just a moment".

Approfitto, faccio colazione.

Il muffin è sensazionale, pieno di cioccolata, ma ho paura che un altro, insieme al succo d'arancia e la sigaretta che mi accenderò appena uscirò fuori, possano giocarmi un brutto scherzo per l'intestino!

"Ehm, sorry, one question. Do You know 25 Eastberry street?".

"Are you lost?".

"Yes, I'm Italian".

"Oh good Italian", ti prego non ricominciare con spaghetti, Totti e il colosseo, non ce la posso fare.

"Yes is very good!", sorrido cercando di chiudere subito il discorso.

"Eastberry street is near High street Kensington".

"High street Kensington ?".

"Yes, Notting hill".

"ah, like the movie! ok I understand! Thank you".

"You are welcome, have a nice day!"

Proprio a Notting Hill. Sembra fatto apposta.

Non è lontano.
Ora cominciano a tremarmi le mani.
So che tra pochi istanti arriverò a Notting Hill e poi mi affiderò completamente al fato.
Il tragitto che ho fatto per arrivare è stato stranissimo.
Era come se fossi in trance mentre camminavo.
Nella testa mi venivano immagini su come potesse essere la scena, e più che altro su cosa mi avrebbe potuto dire nel vedermi.
Ora sono sotto la targa della via.
Fermo con gli occhi alzati e rivolti verso quel rettangolo di marmo incastonato nel muro.
Eastberry street.
Riabbasso la testa e ricomincio a camminare cercando dove sia il numero 25.
La temperatura è abbastanza bassa, ma io sto sudando.
Mi sento nervoso ma allo stesso tempo emozionato come un bambino.
Comminando, mi fermo tutto ad un tratto.
Quella giacca!
La riconosco!
Lo so, gliel'ho regalata io, mettendoci dietro sulla schiena una grossa spilla nera con una freccia bianca rivolta verso l'alto.
La riconosco perché sulla freccia con il pennarello c'è scritto "Stranger".
È dall'altro lato della strada, seduta di schiena su una panchina che fuma una sigaretta.
Che strano cappello però.
Un po' bruttino direi, tutto colorato che le copre interamente la testa, ha anche una sciarpa verde acceso. Vedi, in questa settimana mi sono dimenticato di vedere un po' i suoi vestiti, se avesse cambiato abitudini.
A questo punto che faccio?
Non posso urlarle dall'altra parte della strada, ma neanche posso arrivare da lei, metterle le mani davanti agli occhi e dirle: "Indovina chi è?".
Devo fare una cosa spettacolare. Si devo.
Mi appresto ad attraversare ma, succede qualcosa che non avrei assolutamente voluto che accadesse.
Come se mi avessero trafitto.
Un coltello rovente che entra nel mio petto.
Un ragazzo esce dalla porta del bar davanti, le porge il bicchiere del cappuccino, poi le poggia le mani sulle spalle e, la bacia.

137

Non posso crederci.

L'incubo peggiore che possa esistere.

È l'inferno.

Non voglio farmi vedere, mi girò e comincio a correre velocemente fino a girare l'angolo.

Poi mi appoggio al muro e comincio a piangere.

Non può essere andata così.

Preferivo lo "Stop, buona la prima".

Tentare, correre, provare, sentire, dare. Niente, ma che emozioni, è sempre un dolore. Forte, fisso dentro di me.

In un istante ripenso a tutti i momenti passati insieme a lei, alla nostra settimana, alla lettera.

Tutto svanisce.

In un secondo.

L'ho vista altre volte baciare un altro, ma nessuna di quelle mi aveva fatto male, un male terribile come adesso.

Vorrei che i miei occhi non avessero visto.

Vorrei cancellare tutto.

Tutto.

Vorrei non aver trascorso la settimana insieme a lei.

Vorrei non aver chiesto a Francesco di uscire quella sera.

Vorrei non essere andato al negozio quella mattina.

Vorrei morire.

Perché dentro di me sto morendo.

La rabbia mi sale incessantemente.

Le lacrime se ne fregano, non vogliono più scendere.

Una ragazza mi si avvicina chiedendomi se va tutto bene.

Le accenno un sorriso per farla andare via.

Dio, non lo auguro a nessuno.

Il mio telefonino comincia a squillare. D'istinto non mi viene che premere il pulsante off.

Non voglio sentire la voce di nessuno.

Non voglio sentire nessuno.

In un istante la mia fonte di vitalità è stata spazzata via da un ondata di calore, un calore troppo pungente, un calore che riscalda il corpo, ma che gela l'anima.

"Cristo non ce l'hai un anima?".

Comincio ad urlare.

I passanti si girano guardandomi straniti, qualcuno si incuriosisce.

Ricomincio a correre, non so dove, ma corro.

La vita è questa.

Ti offre questo.

Beh grazie, ne avevo bisogno.

Ore ed ore passate a parlare con me stesso.

Mi rivengono in mente i discorsi di Francesco.

La odio.

Odio Londra che oggi mi ha appena regalato la giornata più brutta della mia vita.

Odio tutti quelli che cercano di comprendermi, ma che ne sanno, come giri l'angolo prendi una botta.

Odio i discorsi, le prediche.

Odio la sofferenza, l'arroganza, i sogni!

Ce ne fosse uno che prima o poi si avveri.

Odio l'amore.

Ma chi è? Cos'è? Ho sempre spalancato la porta, ma non era mai lui, e quando lo cerco io, trovo sempre una porta chiusa in faccia.

Odio me.

Che alla fine però non mollo, e questo mi porta a soffrire sempre.

Ogni tanto si dovrebbe mollare.

Lo faccio ora.

Beh qualcuno dirà: " Davanti all'evidenza."

Prendetela voi una botta così, poi mi raccontate.

Chiamo un taxi.

"Signore il suo volo è per domani!".

Commenta dispiaciuta la hostess di terra al check in.

"Si lo so, ma ho urgentemente bisogno di partire ora, non si potrebbe cambiare?".

"Non lo so, devo vedere se c'è la disponibilità di posti, altrimenti se ha urgenza dovrà prendere un'altra compagnia, con noi chiederà il rimborso a Roma".

"Ah, capisco".

"Guardi posso farlo, ci sono posti vuoti, il volo è tra un'ora, gate 22".

"Grazie, lei è molto gentile", almeno la hostess ha fatto qualcosa per me, mi ha aiutato. Sicuramente le avrò fatto pena vista la mia faccia e gli occhi gonfi dalle lacrime.

Una volta li amavo gli aeroporti.

Ora lo sto odiando.

139

Voglio scappare.

Tornare a casa.

Tanto sono a conoscenza di ciò che mi aspetta.

Quello che ormai mi aspetta da più di un anno. In più, molto più efficace.

Sull'aereo non riesco a chiudere gli occhi.

Ho la sguardo fisso, perso nelle nuvole che non mi sembrano belle come sempre.

La testa continua a mandarmi tutto quello che in questo momento riesca a struggermi di più.

Non voglio più pensare.

Voglio solo dimenticare tutto.

Voglio solo dimenticare lei.

26. *True love*

Mi ricordo un giorno mia madre mi disse che io ero destinato a stare con una principessa, perché vivevo sempre nel mondo dei sogni. Guardavo sempre film che raccontavano le storie più belle. Quelle storie dove l'amore è magia.
"Piccolo mio tu sposerai una principessa".
Si fa di tutto per sposare un calciatore, un finanziere, un attore, una velina, ma una principessa mi sembrava un po' strano.
"Ma una principessa con tanto vestito con lo strascico e la carrozza tutta bandita di tulipani?".
"Una principessa vera tesoro mio".
"Perché quella che ho detto io non va bene?".
"La tua principessa. Una ragazza che non ti faccia smettere di sognare, che riesca sempre a farti stare ad un piede da terra, e tu un giorno verrai da me e mi dirai, mamma ecco la mia principessa".
"Mamma fai uso di droghe?".
"No bello mio. Io ti immagino così, sono sicura".
Sembrava come se mi stesse raccontando una favola per farmi addormentare.
Purtroppo non ero piccolo. Me lo disse qualche mese fa, mentre prendevamo il tè insieme.
Mi vedesse ora. Sapesse ora quello che mi sta succedendo.
Roma mi sembra diversa.
Quando sono arrivato all'aeroporto non ho chiamato nessuno.
Ho preferito prendere i mezzi per arrivare a Villa Borghese. Volevo camminare.
Appoggiato sulla balconata del Pincio, mi lascio un po' accarezzare da quell'atmosfera magica che ti regala questa città.
Vorrei viverla nel migliore dei modi, ma non ci riesco.
Vicino a me ci sono due ragazzi che si baciano appassionatamente.

141

Non resisto al vederli.

Sono passati due giorni da quando ho letto quella lettera.

È successo di tutto.

Non riesco a trovare un senso. Ha ragione Vasco.

Sulla metropolitana sono appoggiato in piedi all'angolo del vagone.

Lo sguardo è sempre più perso.

Dentro di me echeggia solo il rumore del vento che passa tra i vagoni della metro quando percorre il tunnel.

Fermata dopo fermata, esce ed entra gente.

Cerco di guardarli tutti negli occhi. Cercare di capire quello che provano, se in questo momento si trovano come me.

All'uscita della stazione, il vento comincia a pungere un po'.

Alzo il colletto del giubbotto e continuo a camminare verso casa. Si è fatto tardi, è quasi mezzanotte.

Mentre aspiro l'ennesima boccata di nicotina, mi fermo un istante e divento ancora più triste.

Vicino a me c'è il parchetto.

Quel parchetto dove ho passato gran parte della mia infanzia.

Lì c'è una panchina.

Mi avvicino.

Ci sono molte scritte.

"Marco e Serena for ever".

"Totti re di Roma".

"16/05/1999 Ti amo amore mio, tuo Chicco".

E poi... È lì.

Vicino ad un disegno di un cuoricino.

Saranno passati dieci anni, ma è ancora lì.

"A.G. amici per sempre".

Una lacrima.

Scende lentamente sulla mia guancia arrivando a bagnare il labbro.

È salata.

Un sapore che dentro di me si mischia a tutta quell'amarezza insistente.

Lei ha fatto una scelta, io sono stato solo la conseguenza di questa scelta.

Forse ho esagerato.

Forse non dovevo.

Ma che colpa abbiamo noi, se ci facciamo trasportare inesorabilmente dagli eventi.

Forse non siamo padroni del nostro destino, o forse si, chi lo sa.

So solo che ora sono qui, fermo come un sasso, davanti ad una scritta fatta con un pennarello dieci anni fa.

Forse quel giorno il destino aveva riservato questo per me.

Mi tolgo lo zaino dalle spalle e mi siedo, lì.

Dove forse tutto è iniziato e forse tutto è finito.

Come un libro.

Un libro però scritto da qualcun altro, perché se la penna fosse stata nelle mie mani, sarebbe stato tutto differente.

Prendo dalla tasca il telefonino.

È spento da parecchio, sarebbe giusto riaccenderlo, per rispetto dei miei, che forse mi staranno cercando.

Neanche il tempo di avere il benvenuto dalla linea, che comincia a suonare.

"Pronto?".

"Allora? Che fine hai fatto? Il tuo telefono era sempre spento!", la voce di Francesco sembra essere molto preoccupata.

"Fra sono a casa!".

"Come a casa?", più che preoccupato sembra essere decisamente sorpreso.

"Si ho preso il volo oggi pomeriggio, ora sono al parco vicino da me".

"Come il volo…, aspetta, ma che è successo?".

"L'ho vista!".

"Chi?".

"Come chi? Giulia!".

"Oh santo cazzo, ma è impossibile!", decisamente molto ma molto sorpreso.

"Come impossibile? Sono andato lì per questo, dovevo vederla ricordi?".

"Si ma, beh le cose non sono andate proprio così".

"Che cosa stai dicendo? Come sarebbe a dire?".

"Stai tranquillo amico fidati di me".

"Ehi, che sta succedendo? Cosa vuol dire non doveva andare così?".

Neanche finisco di parlare che lui ha già attaccato.

Comincio ad avere strane cose per la testa, che cosa ha combinato stavolta?

Mi alzo in piedi, quando… E' come se tutto cambiasse in un istante, e di colpo diventi giorno, accecato da una luce diritta davanti ai miei occhi.

"Sai, non pensavo di trovarti qui, ero passata per caso, sono due giorni che ti cerco".

E' davanti ai miei occhi.

Comincio a strizzarli velocemente, non può essere vero.

Ma, non mi sbaglio.

"Ciao straniero! Lo so che sicuramente mi starai odiando, ma lasciami spiegare", la sua voce è leggera, soffice.

"Giuly ma tu eri a Londra!".

"Ehi sono io ti ricordi di me, sono qui davanti a te, mi vedi?", e come fare a non vederla?

Non capisco, mi sembra uno scherzo.

"Non sono più partita, non ce l'ho fatta".

Ma allora?

Si avvicina lentamente, è più bella di quanto non lo sia mai stato. I suoi occhi sono scuri, si vede che ha pianto, il trucco le ha macchiato il viso.

"Giuly io sono stato a ...".

"Lasciami finire ti prego. La mattina che ti ho lasciato la lettera sono arrivata all'aeroporto che non smettevo un attimo di pensare a te. La mia amica continuava a dirmi, dai andiamo è tardi, ma io non ce la facevo, sapevo che dentro di me non ce l'avrei mai fatta a sopportare tutto".

"Ma...", continua ad interrompermi, agitando la mano destra.

"Ascoltami, ti prego. Così non ce l'ho fatta, mi sono fermata ed ho deciso di non partire, qui c'è qualcosa di più importante. Ho dovuto dare perfino alla mia amica la mia giacca come pegno, quella che mi hai regalato tu, lei mi ha detto che almeno così era sicura che un giorno sarei venuta a Londra per riprendermela visto quanto io ci tenga a quella giacca". Lentamente da dei piccoli passi, tira su col naso.

"Poi ho cercato di trovarti, non sono nemmeno andata a casa mia, sono stata da mia cugina".

Non posso crederci, lei era qui ed io invece ero a Londra.

"Per tutto questo tempo mi sono chiesta cosa volessi veramente, per tanto tempo ho avuto un idea, ma la settimana passata, è diventata una certezza... tu! Lo so, ti sembrerà strano, ma dovevo dirtelo.

Io per la prima volta mi sento completamente disarmato, come un cavaliere privo della sua spada, della sua armatura. Sono immobile, il mio corpo è in tensione, rigido come se fosse di legno.

"Tutto non sempre va nel modo che avevi immaginato.

La nostra è stata sempre una grande amicizia, ma io ad un certo punto ho dovuto un po' staccarmi, perché per me stava diventando molto più di un amicizia. Poi ti ho rivisto, quella mattina che sei venuto al negozio, e ho capito che le cose non potevano cambiare".

Non riesco a capire nulla.

144

Qualche ora fa, urlavo come un pazzo in giro per la capitale britannica, ora mi ritrovo qui, con la persona più importante davanti ai miei occhi che mi sta semplicemente dicendo che...

"Ora non mi importa più nulla di niente, sono qui davanti a te. Mi hanno sempre detto che nella vita non devi smettere mai di lottare, mai di provarci, ed io non posso smettere di negarlo, non posso smettere di nasconderlo, non posso smettere di... amarti"

In questo momento sarebbe bello fare un regalo a tutte le persone, regalargli almeno per un istante quello che sto provando io.

Il cuore batte all'impazzata,e non è un infarto anzi, questo forse è quella cosa per me impronunciabile, è amore.

Per tutto questo tempo mi sono sempre chiesto cosa sia l'amore, come si possa riconoscere, ed avrei continuato all'infinito se non avessi capito che, l'amore lo puoi vedere, lo puoi toccare, puoi sapere cos'è, solamente quando ce l'hai davanti.

Mi sta guardando come un bambino davanti al suo più bel regalo, con quegli occhioni lucidi da farti svenire.

Mi sento libero, libero di far uscire tutto quello che avevo dentro, libero di amare, libero di sorridere, libero di non smettere di sognare...

"Ti prego puoi dire qualcosa!", comincia a piangere.

"Vieni un attimo, avvicinati".

Le prendo la mano e la faccio avvicinare alla panchina dove c'è la nostra scritta.

Le tremano le mani, sono sudate.

Ha un profumo meraviglioso, un profumo di lei.

Insieme ci inchiniamo.

"Guarda qui, ricordi l'abbiamo scritta tanto tempo fa", le indico con il dito quel piccolo spazio sul legno ormai usurato dal sole e dal tempo.

La nostra panchina.

Dallo zaino tiro fuori un pennarello.

Mi avvicino e scrivo una A, poi lo porgo a lei che sorridendo, aggiunge con la mano che trema, una G.

Poggia la sua mano sulla mia spalla, mi vengono dei brividi.

Con il pennarello intorno alle due lettere disegno un cuore, lei comincia a ridere.

È molto dolce.

Le stringo la mano, è ancora tremolante.

Poggio il pennarello sul suo palmo e stringo forte con la mia.

La guardo fissa negli occhi.

Non mi sono mai sentito così bene.

Facciamo un sorriso.

"Ti ho scritto quella lettera perché non ce la facevo a salutarti, tu hai la tua vita, stai cercando quello che ti serve per stare bene ed io sono solo di intralcio".

"Quello che mi serve per stare bene l'ho trovato, è davanti Ai miei occhi".

Continua a piangere.

Un pianto così dolce da farti venire la pelle d'oca.

I suoi occhi così rotondi mi stanno guardando dolcemente, mentre delle lacrime scendono sulle sue tenere guance rosse.

"Ehi Giu', come ti senti?".

"Sono imbarazzata!".

"Tu imbarazzata, e di che?", le sorrido.

"Penso che ora io e te…".

"Io e te cosa?".

"Dai mi vergogno".

"Tu ti vergogni?".

"Beh un po', vedi, sei tu".

"Ah si?".

"Beh perché ora ci dobbiamo…".

"Giuly no!".

"Come no?".

"Non prima di averti detto…".

"Cosa?".

A volte sembra che sia una presa in giro, a volte è fuori luogo, molto spesso è un abitudine, delle volte lo dici troppo presto, altre volte lo dici troppo tardi. Spesso non significa nulla, o invece significa troppo, a volte lo si voleva sentir dire, a volte si sarebbe preferito tapparsi le orecchie. A volte ti porta in paradiso, altre sembra di cadere all'inferno. Ma per me, non è mai stato più sentito, voluto e giusto come questo momento.

"Ti amo".

Lei rimane sorpresa, per un istante diventa seria, poi le lacrime continuano a gonfiarle quegli occhi meravigliosi.

"Anch'io ti amo".

Le nostra labbra si sfiorano, prima di finire in un bacio meraviglioso.

Favola o racconto, fiaba o novella, magia o desiderio, non lo so.

Si dice che l'amore ti faccia respirare. Beh io preferisco quando me lo toglie il respiro!

Non riesco a pensare a nulla, il mio cervello è completamente libero, libero per essere riempito di lei. Mentre la bacio sento dei brividi che mi salgono su tutta la schiena, a volte apro un istante gli occhi e vedendo lei, con gli occhi chiusi, continuo a non crederci. Giulia.

Il tempo sembra essersi fermato, come se tutte quelle ossessive paranoie che mi ero sempre fatto sul tempo, tutto d'un tratto siano una marea di idiozie.

A volte le cose, non vanno come avevi pensato. Vanno anche meglio.

"Come ti senti?".

"Da dio", continuo a stringerla tra le mie bracci senza neanche staccare un secondo lo sguardo dai suoi occhi.

"Straniero, scusami se ti ho fatto star male, ma non potevo farcela".

"Non ti preoccupare, ora è tutto risolto".

"Chissà poi come sarai stato questi due giorni a casa, solo e senza di me".

"Ehm… già, in effetti è stata durissima", se solo sapesse.

"Pensa se impazzivi e partivi per Londra!", rido non riesco a trattenermi.

"Ehm… e già, pensa tu se partivo! sarebbe stato un delirio!".

"Lo sai prima quando mi hai detto di amarmi, in un istante ho rivisto tutta la nostra vita, e mi sono accorta che era proprio una vita che ti aspettavo".

"Giuly, non potevamo smettere di fare coppia".

Lei sorride. Mi stringe le mani al collo e mi bacia di nuovo.

"Che emozione hai provato a baciarmi?", mi guarda curiosa.

"Mah… potresti fare meglio".

"Brutto stron…", e mi da un calcio.

"Guarda straniero che tu non conosci cosa sono in grado di fare".

"Oh ti conosco fin troppo bene!".

"Beh, è vero uffa!".

"Shhh, non parlare… vieni qui".

Non ho mai amato stringerla come in questo momento.

"I tuoi baci sono meravigliosi, ma i miei sono meglio!".

"Sei sempre il solito"

"Già non cambio mai".

"Però che sensazione quando ci siamo baciati, non credi?".

"Una sensazione bellissima, pensa quando faremo…".

"Cosa? Non mi concedo facilmente".

"Saprò aspettarti, il mio amore è grande!".

"Cos'è una scusa perché io abbrevi i tempi?".

147

"In parte...".

Non smettiamo un attimo di guardarci negli occhi e di sorridere. Sorridere, come abbiamo sempre fatto.

Quello che mi serviva per vivere, quello di cui mi parlavano, ce l'ho davanti ai miei occhi.

Siamo abbracciati su quella panchina dove fino ad un attimo fa sembrava essere finito tutto.

Invece tutto è cominciato.

Il destino poi alla fine non è stato poi così cattivo.

I sogni poi, non è vero che rimangono sempre irraggiungibili.

Quando sembra che tutto piombi nel buio più assoluto, una luce, una stella, una mano, capita a tutti davanti agli occhi. Dire che sono tornato ad essere quello che ero, non è assolutamente esatto.

Perché, io sono sempre lo stesso.

Sono io, il pazzo, il sognatore, quello che adora la musica, quello innamorato.

Ho sempre pensato che tutto fosse scritto, ma non è così.

Davanti ad ognuno di noi ci sono infinite pagine bianche, pronte per essere scritte giorno per giorno, come si voglia.

Siamo rimasti tutta la notte, aspettando l'alba che veniva, a guardarci negli occhi stretti forte l'uno nell'altro.

Senza parlarci, uno sguardo fisso nei nostri occhi. Belli più che mai.

Entrambi sappiamo che non è un sogno qualsiasi, ma, è il nostro sogno.

Spuntata l'alba, ci siamo alzati, e abbracciati abbiamo cominciato a passeggiare.

Non sentiamo neanche il freddo.

Sono le cinque e mezza.

Il sole comincia a schiarire la notte protagonista di una storia bellissima.

"Ehi Giu', guarda, c'è Riccardo che sta per aprire. Te lo ricordi, quando da piccoli venivamo a comprare le figurine?".

"Si, prendevamo quelle di Beverly Hills 90210".

Ci avviciniamo al chiosco di Riccardo, il furgone che gli ha lasciato i quotidiano è appena andato via rumoreggiando forte con il suo diesel.

"Buongiorno Riccardo".

"Ehi, giovanotto, come mai ha quest'ora?", smette di fare il suo lavoro, si pulisce le mani sui pantaloni e si avvicina a noi.

"Passavamo e abbiamo deciso di salutarti".

"Lei non è la ragazzetta con cui venivi sempre o mi sbaglio? Lenticchia dico bene?", Giulia sorride nel sentire quel nomignolo.

"Non mi chiama più nessuno con quel nome da un bel pezzo. No, non si sbaglia, sono cresciuta ma sono sempre io, come sta lei signor Riccardo?".

"Bene grazie, piuttosto tu giovanotto mi aiuti?", e prende un pacco di giornale gettandolo verso i miei piedi.

"Il primo pacco?".

"Già, a te l'onore".

Mi porge le forbici e taglio il nastro di plastica che sigilla il pacco, sotto gli occhi di Giulia incuriosita dalla scena.

"Li metto al solito posto?".

"Certo! Ormai il mestiere l'hai imparato".

"Ehi ma come fai a sapere tutte queste cose?", Giulia mi sussurra nell'orecchio tutta la sua curiosità.

"Shhh.. Segreti del mestiere, se te lo dico poi dovrei ucciderti e visto che voglio averti vicino ancora, non insistere…Lenticchia".

"E dai,basta con quel nomignolo. Ok, non insisto, ma prima posso darti un bacio?".

Riesce ad essere dolce con una spontaneità meravigliosa.

"Allora signorino, vedo che ho azzeccato?".

"In cosa Riccardo?", mi volto mentre sistemo le copie curioso della sua domanda.

"Che ti avrei visto sorridere!".

"Già...".

"E' lei?".

"In carne ed ossa".

"Sono contento! Piuttosto, hai sistemato la prima stampa?".

"Si certo, è la Repubblica, l'ho messa li davanti".

"Bravo!".

Mi giro e mi fermo a guardarla.

Sta sfogliando una rivista.

Ha un sorriso meraviglioso, i capelli spettinati e un po' di rimmel dappertutto per aver pianto.

È bella più che mai.

Una cascata d'acqua frizzante.

Una splendida aria fresca che ti accarezza la pelle.

È Giuly.

Ho voglia di urlare. Ho voglia di correre.

Ho voglia di Giuly.

La mia principessa come dice la mamma.

E già, cara mamma, tu non ti sbagli mai.

Perso nel guardarla non mi accorgo che c'è un signore fermo davanti a me che sta aspettando.

"Buongiorno, prendo questa".

"La repubblica?".

"Certo".

Quando allungo il braccio per prendere il giornale mi accorgo che... ha preso la copia. Quella copia. La mia copia fortunata.

"Scusi, si prendo quella", alzando un po' la voce come se avesse fretta.

"Mi scusi, ero un attimo distratto".

Il tipo rimonta in macchina e va via. Io sono imbambolato con un sorriso sulle labbra.

"Hai visto giovanotto! Ha preso la prima copia, la tua copia!".

Non posso crederci.

"Tutto può accadere ragazzo, te l'ho sempre detto. Ora lascia lavorare questo povero vecchio e vai a divertirti con quella splendida ragazza".

"Grazie Riccardo, sei una persona fantastica. Ah dimenticavo ho sempre saputo di aver fatto bene a raccontarti quella storia".

"Ed io ho sempre saputo che sarei stato contento per te un giorno, ora vai che altrimenti mi commuovo", spontaneamente mi viene di abbracciarlo.

"Giovanotto?".

"Si?".

"True love!".

"Certo vecchio mio. E ricorda la t si pronuncia più tra i denti!".

Mi volto per andar via.

"Ehi Alexander?".

"Mi hai chiamato Alexander? Finalmente! Basta col giovanotto, altrimenti avrei dovuto iniziare a chiamarti nonno!".

Riccardo sorride.

"Buona fortuna!".

"Grazie vecchio mio", esco dal chiosco e vado da Giuly.

È ancora incantata dalle copertine luccicanti alla luce del sole.

"Andiamo?".

"Certo, dove si va?", mi prende sottobraccio.

"A fare colazione!".

"Cornetto con la nutella?".

"Certo Giuly".

"Ti ho mai detto che ti adoro?".

"Ancora poche volte", le passo la mano tra i capelli spettinandola ancora di più.

"Ti adoro. Ehi Ale, guarda che sole che sta uscendo, oggi deve essere una giornata bellissima".

Ripenso alla copia.

"No! Oggi sarà una giornata meravigliosa!".

"La pelota… la pelota… Pedro,la pelota".

Una mamma cerca di farsi sentire dal più piccolo dei suoi figli che non sembra per niente intento a recuperare il pallone finito dietro una siepe.

"Pedro? La pelota".

Il piccolo è molto più interessato a guardare delle piccole automobiline di un suo amichetto, piuttosto che andare a prendere la palla e tornare a casa, ma la mamma si fa sentire e il bambino sembra cedere la sua attenzione.

"Va bien momi".

La madre ha alzato un po' la voce, per lei la giornata sembra sia stata pesante, ma appena il figlio le si avvicina, gli accarezza la fronte e sorridendogli lo stringe al suo fianco.

"Pedro? Helado?"

Il bambino sorride alla mamma, un gelato ha appena cancellato la tristezza per essere andato via dai suoi amici. Il bimbo corre a recuperare la palla per poi tornare a stringere la mano della madre.

Il tramonto orami è prossimo a presentarsi. Fa caldo, un caldo secco ma che si fa sentire sulla pelle. Qualche clacson disturba la quiete caratteristica di quell'isolato.

San Sebastian, o Donostia per la cultura basca.

Paese di giovani, dove il surf colora le giornate di sole e di vento, per poi lasciar spazio alla notte pazza e chiassosa che ti invita e non ti lascia andare.

Il bar è proprio di fronte al cortile dove un dozzina di bambini si rincorrono.

La mamma e il piccolo attraversano la strada attentamente osservando bene entrambi i lati.

Lei gli stringe forte la mano, dandogli una leggera spinta per fare un piccolo salto sopra al gradino del marciapiede.

"Olè".

Lui ride. Una risata piena di gioia per quel gesto.

Fa molto caldo. Ed un gelato sicuramente lo prenderà anche la mamma per trascorrere felice quei pochi minuti di amore e cioccolata.

"Hola, dos helado averia y chocolata por favor".

Il bambino osserva attentamente la paletta che affonda nella vaschetta del cioccolato. Segue meticolosamente tutti i movimenti che effettua la ragazza dietro al banco, come se stesse aspettando qualcosa di veramente importante. La ragazza delicatamente fa scendere la panna sui due coni, facendole fare delle curve, come un pittore che con il suo pennello pone la firma alla sua opera.

"Buen apetito".

Il piccolo si arrampica sulla base del bancone allungando le sue piccole braccia con le manine che cercano di prendere i due coni, ma sembra non arrivarci. La ragazza sorride, ed esce dal banco, portando lei stessa i due coni tra le mani del bambino.

"Gracias".

"De nada pequeno".

Sorridono. Il bambino è già pieno di panna sulle guance. Mentre la mamma gli pulisce il viso, escono dal bar sotto gli occhi della ragazza che sorride nel guardare quel concentrato d'innocenza che lotta con la panna e il cioccolato.

L'orologio segna le sette.

La ragazza se ne accorge. Il suo turno è finito. Il bancone è pulito, lei lo tiene sempre in ordine, in modo che quando deve andar via, non perde tempo nelle pulizie. Scoglie lentamente il filo del grembiule dai suoi fianchi, e lo ripone nel suo zaino.

Controlla che tutto sia a posto nel frigo. Si dirige verso la cassa dove una signora è intenta a sistemare un nuovo rotolo di carta per scontrini nella macchina.

"Carmela… a la manana".

La signora alla cassa alza gli occhi e guardando la ragazza le sorride.

"Va bien…a la manana. Hola Giulia".

Si è sempre mostrata cortese nei confronti di chi lavora nel suo piccolo bar. Forse per questo Giulia ha accettato di lavorarci, o forse perché questo era un lavoro che da piccola aveva scelto insieme al suo amico del cuore. I discorsi e i sogni dei bambini. Avevano dieci anni. Ma tra tutte le promesse che fecero, ci fu anche questa. Quella di fare almeno per un instate nella loro vita, il lavoro che li aveva sempre affascinati.

Lei scelse la gelataia. Lui, il giornalaio.

Pochi passi la separano da casa sua. Giusto il tempo di una sigaretta mentre viene accarezzata dai raggi del sole che filtrano furtivamente tra le basse palazzine di un comprensorio.

Le piace vivere lì. Si sente tranquilla. Ha raggiunto molti dei suoi obiettivi. Fare uno stage in una casa discografica, conoscere meglio lo spagnolo, avere tanto tempo per pensare e, fare la gelataia.

"Hola Antonio".

"Hola clemente chica".

Antonio, il portiere dello stabile impazzisce per questa ragazza dai capelli canarino spettinati che non smette di sorridere. Non tanto però quando lo prende in giro, nascondendosi dietro la colonna facendogli le pernacchie.

Ma comunque l'adora. La chiama la *chica explosiva*. Un esplosione di gioia e felicità per i suoi occhi.

Giulia sale le scale velocemente. Abita al terzo piano, ma preferisce non prendere l'ascensore. Le piace sempre correre. Apre la porta di casa frettolosamente. Getta lo zaino con velocità in terra, poi si sdraia sul divano prendendo un libro quasi arrivato alla fine. Si ferma, si alza di scatto e corre verso la cucina. Prende una birra. La stappa mentre si sdraia nuovamente sul divano.

Sorride. Aspettava questo momento da quando l'ha interrotto qualche ora prima, per andare a lavorare. Sono due giorni che lo legge tutto d'un fiato. Niente e nessuno, tranne il lavoro, l'hanno distolta da quelle pagine. L'altra mattina quando Antonio gliel'ha consegnato appena arrivato con il corriere, lei non credeva ai suoi occhi. Quando ha aperto quel pacco e ha visto il contenuto, è rimasta senza parole. Poi ha cominciato ad urlare e correre per il pianerottolo, con Antonio immobile ed incredulo a ciò che vedeva.

Il Cico le aveva telefonato qualche giorno prima per avvisarla che le stava spedendo un pacco contenente qualcosa di prezioso.

Lei era all'oscuro di tutto. Lui si raccomandò per telefono di non dire nulla, di non chiamare nessuno, ma solamente di leggere. Leggere un qualcosa di veramente importante. Qualcosa di suo. Qualcosa che il Cico aveva di testa sua, spedito a chi non poteva non leggere.

Le sue dita accarezzano sentimente le pagine. Lo tiene stretto con il suo braccio sinistro come se volesse cullarlo. Un qualcosa di veramente prezioso. Di unico.

Delle lacrime scendono lentamente sulle sue guance. Piange. Sorride. Singhiozza.

Anche l'ultima pagina, è entrata nel suo cuore, quelle righe rimarranno tatuate dentro di lei.

Un anno fa ha scelto di vivere a San Sebastian per allontanarsi dalla sua vita. Quella vita che non le permetteva di capire. Ha scelto di vivere lontano da tutto e da tutti.

Ma forse qualcosa non l'ha lasciata dov'era. Qualcosa se l'è portata con sé. Stretta nel suo cuore. Più che mai. Un prezioso rubino, colmo d'amore ma celato e coperto da un velo come un segreto. Quel segreto di non averlo mai detto. Di non aver sussurrato nessuna parola. Di aver avuto paura. Di non aver avuto coraggio.

Con i polpastrelli sfiora i bordi dell'ultima pagina, e le sue labbra, sembrano sussurrare quelle righe importanti.

"No! Oggi sarà una giornata meravigliosa".

Oggi sarà meravigliosa.

Per lei ormai sono due giorni che non smette di pensarci. Un libro. Il suo libro. Il loro libro.

Non riesce a crederci ancora. Talmente le sembra che tutto non sia vero che si pizzica il viso. Non ci crede che lui, il suo dolce ragazzo con un mondo tutto suo, possa aver scritto quello che ha letto.

Lo chiude e lo stringe forte al petto.

La sua testa comincia ad essere un fiume in piena di pensieri che si abbracciano tra loro come per formare un mosaico.

Suona il campanello della porta.

Giulia si alza lentamente per andare ad aprire.

"Hola chica".

Ramon, il suo vicino. Le ha portato due scatoloni vuoti che lei gli aveva chiesto qualche giorno prima.

Glieli poggia nell'ingresso.

La guarda fissa per un attimo. Poi sorride come fosse commosso. L'abbraccia forte e le sussurra delle parole all'orecchio.

"Buena vida".

Giulia mostra delle lacrime. Le tremano le gambe. Lui le accarezza la mano e la bacia sulla guancia.

Non le dice più nulla. Quelle due parole e quello sguardo esprimono tutto quello che si possa dire ad una persona. Il suo vicino di casa. Tante birre e chiacchiere alle tre di notte. Parlando di lei, di lui, di Alex.

Si volta e va via. Lei richiude lentamente la porta. Velocemente prende uno degli scatoloni.

Ci mette dentro alcuni maglioni poggiati su una sedia. Avvicina lo scatolone a degli zaini ed una grossa valigia. Poi prende il libro e lo sistema su una maglia di color rosa.

155

È immobile. Fissa quella copertina.

Piange. Ride.

Corre alla finestra. La apre di corsa. Poggia le mani con forza sul davanzale.

"ahahhhaaaaaaaaa!".

Tra lo stupore dei passanti che ascoltano quelle grida, lei sorride, mostrando a tutti quella felicità che ha dentro.

Alcune signore sorridono nel vederla.

"Loca!".

Un signore si lascia andare guardandola che si agita alla finestra.

Giulia continua a ridere ed urlare. Salta. Balla. Ma non smette per un istante di voltarsi e guardare quella copertina.

Quella pagina lucida di color azzurro.

Quel pagina con su scritto:

Alexander Rossini...

Si dice che sia una ruota che gira, che a volte vada nel senso esatto ed altre, che non dovrebbe proprio girare. Quante volte si è paragonato l'amore ad una ruota. Uno dei tanti paragoni, una delle tante metafore che sommergono di dubbi ancor di più chi già ne ha tanti.

Cupido ci ha viziato con le sue freccette, San Valentino ci ha fatto litigare troppe volte il giorno della sua festa. Gli uomini vengono da marte e le donne vengono da venere ci ha quasi convinto.

I lucchetti ci fanno promettere, ma non mantenere le promesse. Ed i film e le canzoni ci fanno sognare e strasognare.

Aihmè com'è dura. E' proprio dura.

Occhi vigili e sempre attenti, oppure sornioni e distratti. Pronti a riconoscerlo o a lasciarselo sfuggire. L'amore, in tutte le sue salse e tutte le sue ricette.

Quello che ti porta a fare e quello che ti porta ad evitare. I compromessi e gli obblighi, la fede, la fiducia, il tradimento, il sesso.

Un minestrone enorme di questo sentimento immenso e irrinunciabile. Perché parliamoci chiaro, chi può vivere senza amore?

Nessuno!

Neanche il Cico.

Ha trovato l'amore. Francesca. Fa un po' ridere. Francesco e Francesca.

Quella mattina al bar, tra cappuccino e cornetto, ha capito che quella ragazza che beveva un latte macchiato mentre mangiava un tramezzino, fosse la donna della sua vita.

Forse proprio per quel accostamento un po' bizzarro, oppure semplicemente perché era destino.

Il fatto sta che anche lei era del suo stesso parere.

Non smette di parlarne. Di raccontare di lei. Beve di meno. Esce di meno con gli amici e addirittura dice meno parolacce. Ma si sa. L'amore fa anche questo.

Il vero amore maggiorato.

Così lo chiama il suo amico del cuore. Il Cico si sa, ha sempre avuto un debole per le tette, figuriamoci se il suo amore se lo trovava con una seconda.

Il suo amico del cuore.

Il compagno di avventure, il socio, il facciamo tutto a metà però tu bastardo ti prendi sempre di più, suo fratello.

Alex.

È passato del tempo.

Forse tanto è cambiato o tutto è rimasto uguale.

In una sala con un musica in sottofondo, dei cd vengono sfogliati velocemente.

Il colore arancio delle pareti rende l'ambiente molto caldo. Ci sono molti poster. Quello di Freddy Mercury in live at Wembley del 1986, uno dei Sex Pistol. Più in là c'è il famoso Mr America con il suo "i want you". Tra loro, c'è una splendida foto in una cornice ambrata. È la foto dell'inaugurazione della radio. C'erano tutti.

Bisogna fare la scaletta, e di conseguenza scegliere i pezzi da mandare in onda.

Lo fa sempre lui. Anche perché il programma è il suo, e chi altro potrebbe scegliere.

Ha letto le mail degli ascoltatori. È contento. Sembrano aumentare ogni sera.

Controlla l'orologio. Mancano venti minuti alla diretta.

Mentre continua a sfogliare i cd si ferma di scatto. Rimane immobile. Sorpreso.

Una sorta di tuffo nei pensieri più adorati che ha. Il cd degli *slayer*. Quel cd da dieci. Ascoltato e riascoltato notti su notti. Fatto girare e rigirare con le cuffie seduto in un angolo della stanza con la testa poggiata al muro ed una morsa allo stomaco.

Ne è passato di tempo. Un anno per essere precisi. Non smette di fissarlo. Poi si alza, prende il foglio con il clock orario e inserisce in scaletta un brano presente nel cd. Ha voglia di ascoltarlo, e di farlo ascoltare a tutti.

Esce fuori. Deve passare quei cinque minuti da solo che gli servono per rilassarsi prima di andare in onda. Ormai di dirette ne ha fatte, ma ogni volta sembra come se fosse la prima. Si emoziona. Controlla la voce, ma non le

157

gambe. Si accende una sigaretta, la fuma tranquilla, tra le mani tiene stretto ancora quel cd. Lo guarda. Sorride. Pensa a lei. A lei che è distante da parecchio ormai.

A lei che non l'ha mai cercata. Da quella notte.

Quella notte del concerto, di un anno fa.

È appena finito il concerto.

Giulia è chinata che cerca di slegare la catena rosa dal motorino mentre Alex in piedi non smette di ridere.

"Ah, che palle, perché questa catena non si apre. E poi tu lì impalato che mi guardi e ridi, ma che ti ridi?".

Alex si poggia su un motorino parcheggiato di fianco.

"Oh, la vuoi smettere, guarda che tolgo il lucchetto e te lo tiro in fronte.! Ma tu guarda questo!".

"E dai su, lascia fare a me, ho il tocco magico".

Giulia si lascia cadere lentamente sedendosi sulle gambe incrociate, allargando le braccia tirando la chiave del lucchetto ad Alex.

"Vedi è questione di tocco, basta fare una leggera flessione ehm… merda non si apre".

Giulia comincia a ridere.

Alex continua imperterrito a cercare di aprire il lucchetto senza esito.

Poi anche lui si siede in terra, con fare stravolto.

"Siamo spacciati. Rimaniamo qui. Chiama i rinforzi".

I due continuano a ridere mentre fissano quella catena che segna loro per il momento un destino: rimanere in terra.

"La vuoi una siga Giu'?".

"No grazie, ho fumato troppo stasera, ho i polmoni che straripano".

"Beh, non dovrei fumare neanche io, ma, per ammazzare il tempo!".

Il viso di Giulia diventa improvvisamente serio.

"Tra qualche giorno parto".

Alex si gira come sorpreso verso la sua amica, rimanendo con la sigaretta in bocca ancora spenta e l'accendino tra le mani.

"Parti?".

"Si"..

"E dove vai?".

"Lontano. In Spagna".

"E perché non me l'hai detto prima?".

"Che te lo dicevo a fare? Hai troppi pensieri questi giorni e poi trovare spazio con te era praticamente impossibile".

Giulia è tremendamente seria. Tira su col naso, mentre nervosamente fa roteare un piccolo sasso con la mano destra.
"Lo so. Scusami. Ma questo periodo è stato troppo pesante con Monica".
"State ancora insieme?".
Alex comincia a guardarla pensieroso.
"Si. Stiamo ancora insieme, se si può definire così".
Giulia china la testa passandosi la mano tra i capelli sbuffando.
"Vado a San Sebastian, ho già preso casa e mi troverò anche un lavoro".
"Giuli, perché?".
"Perché che resto a fare qui? No, sono stufa, voglio andare via da tutto e da tutti. Stasera ho fatto una grande serata. Gli Ska-P, li aspettavo da una cifra. E l'ho fatta con il mio migliore amico. Domani sistemo le cose e poi…".
Lui la guarda sbalordito. Poi comincia a muovere il mazzo di chiavi che tiene tra le mani nervosamente.
"Non so che dire".
"Non c'è da dire nulla Ale. Dammi le chiavi, proviamo di nuovo ad aprire quel maledetto lucchetto".
Alex è rimasto immobile seduto in terra incredulo alle parole appena ascoltate. Non se l'aspettava minimamente una cosa del genere. Non riesce a dire una parola.
"Ed apriti forza!".
Con un colpo secco Giulia riesce ad aprire la catena.
In pochi minuti si allontanano lentamente tra il traffico della città.
Alex tiene poggiata la testa sulla spalla di Giulia, rimanendo in silenzio a fissare la strada che corre via, immerso di una malinconia improvvisa ed inaspettata.
Sotto al portone di casa si abbracciano forte. Si stringono intensamente forse come non hanno fatto mai. I lori occhi fanno fatica a trovarsi. Le parole non sembrano siano volute in quel momento.
Alex rimane a fissare Giulia che entra nel portone di casa, quando lei si volta e corre verso di lui.
"Non aver paura di far vedere quello che sei".
E lo bacia dolcemente sulla guancia.
Poi corre via di nuovo verso il portone.
Alex rimane fermo ancora un istante. Sgrulla la testa, poi s'incammina verso casa sua.
Fa freddo, si infila il cappuccio e accende quella sigaretta che non era stata più accesa.
Giulia è rimasta nascosta dietro la colonna a guardarlo che andava via.

159

Piangendo.

Piangendo lacrime di un sentimento, che va oltre l'amicizia.

Tutti i giorni, non ha smesso un istante di pensarci a quella sera.

Troppe cose sono trascorse. Troppe cose avrebbe voluto raccontarle. Le lettere che avrebbe voluto scriverle. Ma non l'ha mai fatto.

Insegnare la vita, ma aver paura di mostrare la propria.

Giulia l'aveva capito. Se n'era accorta prima di tutti, o forse era stata l'unica che avesse visto Alex non solo con gli occhi ma anche col cuore.

Anche Riccardo se n'era accorto. Si era accorto di quella piccola ragazza con le lentiggini ed i capelli canarino, e di come guardava quel giovanotto quando passavano in edicola. Ad Alex no ha mai detto nulla, ha sempre sperato che fosse lui, a capire.

Quante volte il Cico è stato con lui ad implorarlo di comprare un biglietto per andare lei. Quante volte, invano. Tante volte riesci perfino a girare il mondo, non accorgendoti che quello che vuoi ce l'hai davanti agli occhi.

Alex quello che desiderava veramente, l'aveva trovato negli occhi della sua piccola e dolce amica.

Forse era così? O forse no.

Ma, bisognava capire.

Allora doveva partire, prendere il primo volo e raggiungerla per dirle tutto quello che provava. Le sensazioni che aveva. Le paure, i dolori, le ansie. E non nascondersi, non vergognarsi.

Si sarebbe fatto uccidere, piuttosto che farsi vedere piangere.

Non ce la faceva.

Riccardo però tante volte l'ha visto piangere. Tranne una.

Quella mattina Alex poggiò un fiore davanti a quell'edicola ormai chiusa.

Gli mandò un bacio guardando il cielo. Stringendo tra le mani una lettera che aveva scritto per Giulia, e che tanto avrebbe voluto che Riccardo la leggesse prima di inviarla.

Una lettera in cui parlava di sè.

Una lettera che ora è diventata un libro.

Forse si ha sempre voglia di raccontare una bella favola, un amore da film, si cerca sempre un bel inizio e un bel finale, ma mai si racconta di quello che c'è in mezzo e del dolore, di quando ci si sente soli.

"Non aver paura di far vedere quello che sei".

Alex l'ha sempre fatto. Fino a poco tempo fa. Quando quel gentile vecchietto che si fumava dozzine e dozzine di senza filtro, con la voce rauca, gli raccontava la vita. E quando la voce non voleva uscire, ha scritto tutto, tutto quello che provava, tutto quello che aveva dentro e che mai, sarebbe riuscito a dire a qualcuno. Riccardo l'aveva fatto parlare di se. Quando si è soli, non bisogna aver timore di chiedere l'aiuto di qualcuno.

Ha raccontato com'è. Di quello di cui ha paura e quello, a cui non smette di sognare.

Il sogno che lui aveva. La sua Giulia che portava dentro di se.

Ha inventato una storia, che più che inventarla, l'ha semplicemente copiata dal suo cuore. Se non andrà mai così, pazienza. Troppe volte ha sperato che si avverasse e lei fosse tornata. Ma il sogno che aveva dentro di sè, ha voluto raccontarlo a se stesso.

Max un sera trovò quelle pagine per caso sul divano di casa di Alex. Non resistette. Le lesse. Ma i suoi tentativi di persuasione nei confronti di Alex arrivarono in ritardo. Ormai aveva già deciso di cercare una pubblicazione.

Un modo per non nascondersi più e raccontare un sogno, quel sogno che, potrebbe appartenere a chiunque. Che si chiami Giulia o Serena, Maria o Federica. Ognuno di noi dentro di se, ha un sogno che si chiama amore.

Aiutato da un amico di famiglia, è riuscito a trovare un piccolo editore a cui è piaciuto, Alex aveva dei soldi da parte e si è autofinanziato. E l'ha pubblicato.

Quella, era la sua copia fortunata.

Continua a stringere quel cd. La sigaretta ormai è finita.

"Ale, ci sei? Si va in onda".

Alessandra, la regista del programma lo invita ad entrare. È quasi ora.

Il cellulare avvisa la presenza di un messaggio.

Alex comincia a ridere. Il Cico vuole i soliti saluti per lui e il suo amore maggiorato.

Dopo di questo, si può andare in onda.

"Allora meno tre, due, uno, ehm sigla".

Open the night. Ha portato in onda quello che aveva pensato una notte.

Max in cabina regia non manca un appuntamento. È stato parecchio difficile stare vicino ad Alex, ma lui ha sempre creduto in quel ragazzo dagli occhi tristi. Hanno scritto insieme il progetto del programma e poi l'hanno portato in onda. Ogni mercoledì, da tre mesi a questa parte.

La regia ha mandato il singolo dei *Negramaro*. Alex si dondola sulla sedia sorridendo ad Alessandra che gli fa le linguacce.

Billy sta filtrando le telefonate che arrivano dagli ascoltatori, dando la priorità a qualche voce femminile e suadente.

I minuti scorrono via velocemente come se nessuno se ne accorgesse.

161

Otto persone sono in cabina di regia, che cercano di non distrarsi da quella voce morbida e calda che echeggia dalle casse guida.

Sul pezzo degli *Slayer*, Alex china un istante la testa, per poi rialzarla cercando di nuovo la concentrazione per rientrare in voce dopo il gingle dello spot pubblicitario.

La radio. Quante volte ha ascoltato le voci di tanti e tanti speaker, non immaginando che un giorno fosse lui ad accompagnare qualcuno al volante o chissà in quale altra situazione.

"Ciao Ale. Sono Federica da Monteverde. Ciao. Che figo che è sto programmaaaa... Ho letto il tuo libro... Mi hai fatto piangere".

Alex comincia a ridere al microfono.

"Grazie Fede, il prossimo pezzo è per te. Quindi mettiti seduta, abbraccia forte chi hai vicino e ascolta".

Il tappeto musicale va a sfumare sulle note di *Incantevole*, dei Subsonica. È l'ultimo brano della serata.

Dredd gira del tabacco in una cartina piccola canticchiando l'inciso della canzone.

Il programma è in chiusura.

"Fuori è un mondo fragile e tutto qui cade incantevole, come quando resti con me. Due minuti alle 23, siamo giunti al termine, ma prima di salutarvi volevo dirvi una frase che ho letto oggi e mi è rimasta impressa. E' di Sidney. Amano davvero quelli che tremano a dire che amano. Non lo so se dobbiamo credergli, ma una cosa posso dire, a tutti quelli che hanno paura, tutti quelli non ce la fanno a fare il primo passo, o che hanno bisogno di una sicurezza per farlo. Beh per una volta, lasciatevi andare. L'importante, è proprio aver paura. Perché se non si ha paura, non è coraggio. E allora forse è giusto rischiare, per qualcosa di cui valga veramente la pena.

Mettete su le cuffie con la musica della vostra vita e non smettete di ascoltarla.

A volte le cose non vanno come si è sempre sognato, vanno anche meglio.

Se non avete un sogno, ve lo regaliamo noi.

Open the night, radio Kream. Dolce notte e buona vita".

Alex lentamente si toglie le cuffie e le ripone sul tavolo. La porta della sala audio si apre di scatto. Max gli va incontro e gli da una pacca sulla spalla.

I due si abbracciano.

"Quella frase l'hai trovata sui cioccolatini?".

I due ridono.

Pian piano le luci delle sale vanno a sfocarsi per spegnersi del tutto.

Il silenzio copre come un velo gli studi.

"Raga, ci si vede lunedì per la riunione, ciao a tutti buonanotte".

Max si fa sentire mentre sta andando via. Poi si avvicina ad Alex e gli sussurra all'orecchio.

"Mi raccomando te, compra una bella scatola di cioccolatini almeno tiri fuori una chicca ogni sera".

Alex gli da un pugno sul petto. Si abbracciano di nuovo ridendo.

Il parcheggio di fronte lo stabile si svuota lentamente. Sono andati via tutti. Tranne lui.

Alex è rimasto seduto sulla panchina vicino al parcheggio. Si sta godendo una sigaretta dopo la serata. Si è imposto di non fumare più in macchina, sia per l'odore, sia per il fatto che si possano evitare tamponamenti improvvisi.

Sta bene. Tira una leggera aria fresca che gli accarezza la pelle dandogli un piacevole senso di freschezza. Il giorno fa caldo, e la sera un po' di fresco non lo rifiuta nessuno.

Guarda l'orologio, sgrulla la testa a significare che non è tardi e che vorrebbe fare qualcosa.

Accende il telefonino. Si ferma a fissare una piccola fessura al lato di un tombino. Cerca di prendere la mira per far centro con la sigaretta. Chiude l'occhio destro. Allunga il braccio. Sguardo fisso. Lancia la sigaretta, che manca il bersaglio forse di qualche centimetro di troppo.

Si guarda intorno, e raccoglie un piccolo sasso. Ormai deve riuscirci, è questione di orgoglio.

Chiude di nuovo l'occhio destro, prende la mira, mette ben a fuoco il bersaglio e distende nuovamente il braccio, quando d'improvviso si ferma e apre bene entrambi gli occhi.

Sul parabrezza della sua auto c'è qualcosa.

Lentamente si alza dalla panchina. A piccoli passi si avvicina alla macchina non distogliendo per un istante gli occhi dal vetro della sua auto.

È incuriosito.

Arrivato vicino alla macchina nota che è un foglietto di carta piegato più volte.

Lo raccoglie e lentamente lo apre.

"Prrrrrrrrrrrrrrrr".

Il verso della pernacchia.

Comincia a voltarsi di scatto da tutte le parte. Si guarda bene intorno, controllando tutto meticolosamente.

Non c'è nessuno intorno a lui.

Tra le mani tiene quel piccolo pezzo di carta raccolto dal vetro.

La calligrafia, non è delle migliori. Cerca di riconoscerla, ma è scritta in stampatello e frettolosamente.

163

Qualcosa gli gira per la testa.

Apre lo sportello della sua macchina per poggiare dentro lo zaino. Lo sistema ordinatamente sul sedile del passeggero.

Poi esce di nuovo dall'auto chiudendo lo sportello.

Ma. Un brivido gli sale velocemente lungo la schiena. Di fronte a se ha il finestrino dell'auto, che riflette l'immagine di una persona dietro di lui.

Si volta. Rimane immobile.

Sgrana un po' gli occhi. Apre un po' di più la bocca per tirar su più aria.

Muove le mani nervosamente.

Quel sorriso, quegli occhi, quelle lentiggini e quei capelli sempre più spettinati, non li hai mai dimenticati.

Si avvicina a lui, lo guarda fisso negli occhi. Poi porta il suo dito indice sulle labbra di lui.

"Shhhhhh... Tu ci credi che un sogno possa avverarsi?".

Alex sorride.

Alex e Giulia si abbracciano, stringendosi ancor più forte dell'ultima volta che si sono visti.

"Mi sei mancata".

Lei ride, poi lo stringe più forte ancora sussurrandogli all'orecchio: "Anche tu straniero".

Minuti che sembrano essersi fermati. Tutto sembra non girare attorno a loro. Continuano ad abbracciarsi. A stringersi forte, senza parlare.

Poi lei si stacca di scatto.

"Scusa, vuoi spiegarmi perché sei tu il protagonista ed io quella che ti lascia una lettera?".

Alex ride.

"L'hai letto. Come hai fatto?".

Giulia gli stringe la mano.

"Come potevo non leggerlo".

"Allora?"

Continua a ridere.

"Beh, vedi, quando ho fatto i provini tu non c'eri, e poi la storia è mia scusa".

"Già...che storia".

Si seggono sulla panchina. Continuano a fissarsi e a sorridersi con gli occhi.

"Dove l'hai trovato il libro?".

"Beh sai, ho una talpa infiltrata".

"Il Cico!".

Sorride. Il suo amico gliel'ha fatta un'altra volta.

"E per venire qui?".

164

"Sempre lui. Ma ha la fidanzata adesso?".

"Hai visto? Da non credere".

"Ha le tette grosse vero?".

Alex scoppia a ridere.

"Già. Lo conosci anche tu".

"E' da tanto che eri qui".

Giulia si alza e si mette di fronte a lui.

"Dall'inizio della puntata. L'ho ascoltata in macchina. Ale è meraviglioso tutto questo. Anche se, la frase da cioccolatino alla fine…".

"Ma dai! Anche tu con sta storia".

"Che tenerone!".

"Che stronza!".

"Ah, puoi dirlo forte. Ma a me piaci cosi come sei".

Si stringono le mani. Lasciano che le dita accarezzino i palmi sentitamente.

Alex non riesce ancora a focalizzare la situazione.

Quanto ha desiderato quel momento. Dio solo sa quanto.

Per giorni e giorni si è sempre addormentato con quel pensiero per poi riabbracciarlo il mattino seguente, non sapendo che lei, da molto lontano, non aveva smesso un istante di averlo nel cuore.

Non lo sa perché ora è davanti a lui, e forse neanche ci pensa, l'importante è che ora sia li, e che possa stringerla.

"Ti fermi pochi giorni e poi fuggi via di nuovo?".

Giulia si avvicina ancora di più.

Poi prende la mano di Alex e la poggia sul suo petto.

"Senti come batte".

Lui non riesce a dire nulla. Quel battito gli sale su per tutto il corpo fino a diventare un'unica cosa con il suo.

"No. Non mi fermo qualche giorno. Non vado più via".

Poi lo abbraccia. Scende una lacrima dalle sue dolci guance, che cade sulla spalla di Alex.

Lei continua a sussurrargli nell'orecchio.

"Perché tutto questo tempo?".

Alex le porta le mani sul viso accarezzandola.

"Ora abbiamo tante cose da raccontarci, o no?".

Con il dito raccoglie una lacrima dagli occhi di lei, che singhiozza tirando su col naso.

"Perché hai scritto quel libro?".

Alex sorride.

"Non aver paura di far vedere quello che sei. Ricordi?".

"Non vorrei mai essermene andata".

Alex le stringe le mani.

"Dovevi farlo, come io avevo bisogno di star solo".

"Ma perché non ci siamo mai detti quello…".

Alex poggia l'indice sulle sue labbra.

"Shhhh. Stavolta sono io a non farti parlare".

Lei sorride.

Forse è strano come due persone possano ritrovarsi e confessare ai loro cuori ciò che si prova.

"Stavi andando a dormire? Ti va stare un po' con me?".

Alex le prende la mano. Si alzano dalla panchina e cominciano a camminare.

"Io veramente, non avrei più voglia di stare senza di te".

Le passa il braccio dietro la schiena avvicinandola al suo corpo.

"Neanche io".

Sente il profumo dei suoi capelli, della sua pelle. Alex non smette di guardarla mentre cammina.

"Posso restare da te stanotte? C'è mia zia da me, e mi spetta la brandina".

"Ehi, non te ne approfittare ora".

"E dai. Mi faccio piccola piccola. Neanche mi noterai nel letto".

"Nel letto? Mmm…" , mugugna Alex.

"Cosa pensi?", e lo colpisce con un buffetto.

"ah ah ah… Dai ok".

"E vediamo anche un film? Spetta. American Pie, no oppure, 50 volte il primo bacio, si questo".

"No, avrei io un film. E' in cassetta".

"In cassetta? Come sei antico, e poi scusa, ma tu non ce l'hai il videoregistratore!".

"Me l'ha prestato Dredd".

"Cos'è un thriller?".

"Beh, un thriller, insomma si avvicina".

"Ho capito, sarà una cassettaccia da 4 euro presa alla bancarella!".

Alex ride.

"No. Veramente 3.99!".

I due si allontanano continuando a camminare, non curando che hanno entrambi le macchine parcheggiate poco più in là.

Giulia si ferma di scatto. Guarda serio Alex negli occhi. Poi lo colpisce con un pugno sul petto.

"Ahi!", le fa lui strofinandosi per la botta appena presa.

"Hai scritto della storia di Letizia sul libro, bastardo!".

Alex scoppia a ridere e comincia a correre con Giulia che cerca di prenderlo.
"Vieni qui bambolino!".
"Bambolino è un colpo basso! E poi dovevo raccontare tutto no? E quello faceva parte del copione".
"Vieni qui, vieni".
Nulla si può dare per scontato. Nessuno può sapere come andranno le cose. L'importante è viverle e non rinunciare mai. La rinuncia può diventare un abitudine pericolosa. Forse era destino, oppure una coincidenza, o magari bisognava aspettare solamente il momento giusto. Chi può dirlo. Il fatto è che non bisogna vivere per credere in un amore perfetto, ma vivere per credere in se stessi. È giusto riconoscere i propri limiti, ed imparare a conviverci. Essere sempre certi di quello che si è, e non di quello che si vorrebbe essere. Questa è solamente una storia, come tante altre che succedono ogni giorno. Storie che nascono, decollano, s'infrangono e poi crollano.
O quelle che non ti accorgi nemmeno di averle davanti e non smettono un istante di vivere.
Bisogna accettare tutto dall'amore. Gioie, piaceri, dolori e paure. Questo fa tutto parte del gioco. Di questa grande ruota che gira lenta, veloce, al contrario o nel verso giusto. Ma che non smette di girare.
Alex ha avuto coraggio di rischiare, ma molta paura però di rimanere solo. Quel senso di solitudine che colpisce ognuno di noi, e che a volte, ci spinge a non vedere veramente come va la vita.
E i sogni? Bisogna crederci e viverci sempre insieme. Anche quando talmente ti fai sorreggere da loro, che la realtà ti rimane difficile da vivere. Essere un sognatore. Questo ha fatto Alex per tutto il tempo. Talmente si circondava di sogni che, vivere la realtà non gli piaceva più. Far parte del mondo vero, quello che non puoi mettere in pausa, che non puoi rivedere in replay, non faceva più per lui. Non riusciva a viverlo. D'altronde chi può biasimarlo. Fuori c'è un mondo che non ti aspetta, un mondo che è uno spietato, che ti schiaccia e non ti guarda in faccia. Ma, cambiare, aver paura e stare male, non lo merita. Non bisogna saper vivere, perché nessuno sa come si fa e nessuno può insegnarlo. Bisogna voler vivere. Questo è quello che conta. E se la realtà, quello che hai davanti non è poi così bella, cerca di spremerla, e di tirar fuori anche se è poco, quello che merita. E non aver più paura di vivere quello che si ha davanti. Non bisogna inondarsi di domande sul futuro. Troverò o no il mio vero amore?
Nessuno ne è certo.
Il suo è un libro. Un storia d'amore come un film, un film dove lui è stato il regista, e la storia è l'insieme dei suoi sogni. Ma sa che non è la realtà. Quella,

ce l'ha davanti. E chissà se sarà o no il vero amore. Ma la cosa certa, la più importante, è che ha una voglia incredibile di scoprirlo.

I due continuano a ridere mentre si rincorrono, sotto gli occhi di chi non ha voluto perdersi quel momento.

Francesca e Francesco sono nascosti dietro l'angolo della palazzina. Non hanno rinunciato a guardarli in un momento così bello. Il Cico non poteva non vedere il suo migliore amico ridere come sapeva fare una volta.

Non poteva non vederlo insieme a quello che desiderava con tutto il cuore.

Forse quel desiderato True Love, il vero amore, pronunciato con la T tra i denti.